COLLECTION SÉRIE NOIRE

Créée par Marcel Duhamel

Nouveautés du mois

2263. LA COMMEDIA DES RATÉS

(TONINO BENACQUISTA)

Le petit sarment du Bon Dieu.

2264. L'HOMME ZIGZAG

(MARVIN ALBERT)

Il court droit à la catastrophe.

2265. GARE AUX GAILS !

(MICHAEL GELLER)

Une mise à mort sur un champ de course.

2266. CIEL NOIR

(NOËL SIMSOLO)

De côté de l'enfer.

TONINO BENACQUISTA

La commedia des ratés

nrf

GALLIMARD

à Cesare et Elena
Giovanni
Clara
Anna
Iolanda
et tutti quanti

Les Italiens ne voyagent pas.
Ils émigrent.

Paolo Conte.

— Tu viens dimanche à manger ?

— Peux pas... J'ai du boulot.

— Même le dimanche... ? Porca miseria !

J'aime pas quand il s'énerve, le patriarche. Mais j'aime encore moins venir le dimanche. C'est le jour où la banlieue fait semblant de revivre, à la sortie de l'église et au P.M.U. Les deux étapes que j'essaie d'éviter, quitte à faire un détour, pour ne pas avoir à tendre une main gênée à des gens qui m'ont connu tout petit, et qui se demandent comment je m'en sors dans la vie, désormais. Les ritals sont curieux du devenir des autres.

— J'essaie de venir dimanche...

Le père hoche la tête pour signifier qu'après tout, il s'en fout. Il doit partir en cure bientôt pour soigner sa jambe, pendant un bon mois, comme chaque été. Il aimerait bien que je passe avant son départ. Sans doute comme tous les pères.

La mère ne dit rien, comme d'habitude. Mais je sais qu'à peine aurai-je franchi le seuil de la baraque, elle ne pourra s'empêcher de me lancer, tout haut, dans la rue :

— Mets du chauffage si t'as froid, chez toi.
— Oui m'ma.
— Et va pas trop au restaurant, à Paris. Et si t'as du linge, tu l'emmènes la prochaine fois.
— Oui, m'ma.
— Et fais attention le soir dans le métro.
— Oui...
— Et puis...
Et puis je n'écoute plus, je suis hors de portée. Le chien des Pianeta m'aboie dessus. Je m'engage dans la petite côte qui mène au bus, et le bus au métro, et le métro chez moi.
A Paris.
En haut, au premier pavillon de la rue, j'entends un son aigre qui me rappelle des choses avec plus de force qu'une odeur qui vous saisit à l'improviste.
— Tu me passes à côté comme l'étranger, Antonio...
A l'odeur, je n'aurais pas pu le reconnaître, il sent désormais le délicat parfum d'un after-shave de grande classe. Ça fait drôle de le voir là, plus raide que le réverbère auquel il s'adosse, celui qu'on essayait de dégommer à coups de cailloux, le jeudi, après le catéchisme.
— Dario... ? j'ai demandé, comme si j'en espérais un autre.
Avec les années il a gardé sa belle gueule d'ange amoureux. Il a même embelli. J'ai l'impression qu'il s'est fait remettre les dents qui lui manquaient déjà à dix-huit ans.
— Ta mère elle m'a dit que tu viens manger des fois.

On ne se serre pas la main. Je ne sais plus si sa mère est morte ou non. De qui pourrais-je bien lui demander des nouvelles ? De lui, pourquoi pas. Alors, Dario ? Toujours aussi... aussi... rital ? Que lui demander d'autre...

De la bande de mômes que nous formions à l'époque, il était, lui, Dario Trengoni, le seul à avoir vu le jour là-bas, entre Rome et Naples. Ni les deux derniers frères Franchini, ni le fils Cuzzo ni même moi ne pouvions en dire autant. Mes parents m'ont conçu en italien, mais dans un autre Sud, celui de Paris. Et trente ans plus tard, ils n'ont toujours pas appris la langue. Dario Trengoni non plus d'ailleurs, mais lui, il l'a fait exprès. La commune de Vitry-sur-Seine avait bien cherché à l'intégrer, notre Dario : l'école, les allocs, la carte de séjour, la sécu, tout. Mais lui, c'est la France entière qu'il refusait d'intégrer. Il a préféré cultiver tout ce que je voulais fuir, il a réussi à faire de lui-même cette caricature de rital, ce vitellone d'exportation comme on ne peut même plus en trouver là-bas. Sa vieille déracinée de mère s'était beaucoup mieux acclimatée que lui à notre terre d'asile.

— A Paris tu vis ?

Je ne sais pas quoi répondre, je vis à Paris, ou à Paris je vis. Les deux sont vrais.

Silence. Je fournis si peu d'effort que c'en est presque pénible. Il fait comme si nous vivions un bon moment, un bon moment de retrouvailles.

— Tu te rappelles Osvaldo ?

— Ouais... Il est... Il est marié ?

— Il faisait l'Américain, là-bas, à la Californie, tu

sais... Et il est retourné ici, je l'ai vu, et il est plus pauvre que nous ! Il se construit la maison, ici... Il a toujours eu les idées petites...

La fuite me tarde déjà. Je ne peux pas partir comme ça, il est planté là depuis longtemps, c'est sûr. Cette rencontre de coin de trottoir n'est pas vraiment due au hasard. A l'époque il pouvait attendre des matinées entières que l'un de nous sorte pour acheter une baguette, et nous, on savait où le trouver si on s'emmerdait plus que d'habitude. Il servait de copain de rattrapage au cas où les autres étaient occupés ou punis. Osvaldo, par exemple, celui qui avait honte de s'appeler Osvaldo. Et ça lui fait plaisir, à Dario, qu'un ancien copain de ghetto ne s'en sorte pas. Et ça m'énerve, moi, que les anciens copains de ghetto s'épient les petits bouts de destin.

Dario, il fait froid, j'en ai marre d'être planté là, dans le vent, en proie à des souvenirs que j'ai tôt fait d'oublier, à portée de bus, le sixième, au moins, je les ai comptés. Tu vaux mieux qu'Osvaldo, toi ? Tu fais toujours autant marrer le quartier, avec ta chemise ouverte sur la croix et la cornette rouge ? Tu as trouvé de quoi te les offrir, les costards Cerruti et les pompes Gucci dont tu as toujours rêvé ? Tu t'agenouilles toujours avec autant de facilité quand une fille passe dans la rue ? Tu as toujours la chansonnette facile ? T'as toujours la foi en ton dieu Travolta ?

Dario Trengoni a laissé tomber ses rêves de crooner, moi j'ai laissé tomber le quartier, et on se retrouve là, près du réverbère où l'on gravait des cœurs aux initiales des voisines. Les Françaises. Sous la peinture noire apparaissait l'antirouille. Un rouge sale. Des cœurs rouge sale.

Il me sert une nouvelle anecdote, mais celle-là, je crois qu'il l'invente. Si Dario ne parle pas bien le français, on ne peut pas dire qu'il maîtrise mieux l'italien. A l'époque il s'exprimait dans une sorte de langage étrange que seuls les gosses du quartier pouvaient comprendre. Le corps de la phrase en patois romain, deux adjectifs d'argot de banlieue rouge, des apostrophes portugaises et des virgules arabes, piquées dans les cités, un zeste de verlan, et des mots à nous, inventés ou choppés à la télé et dans les bandes dessinées. A l'époque ça me donnait l'impression d'un code secret aux résonances cabalistiques. Et j'aimais cette possibilité de nous isoler en pleine cour de récré. Aujourd'hui il ne lui reste que le pur dialecte du pays, mâtiné d'un français de plus en plus dépouillé. Le dialecte, c'est le Ciociaro, celui de la grande banlieue romaine. Celui des films de De Sica. Moi j'ai tout oublié, je ne parle plus cette langue, je n'aime pas les langues qui étirent la romance.

Quand je pense que nos pères ont parcouru 1 500 kilomètres, de banlieue à banlieue…

— Ça m'a fait plaisir de te voir, Dario… Faut que je rentre…

— Ashpet' o ! Tu peux ashpetta un peu, pourquoi je dois te parler…

En italien pour dire *pourquoi* et *parce que,* on emploie le même mot. Si Dario utilise parfois la bonne grammaire, c'est toujours avec la mauvaise langue.

— Pourquoi toi, Anto', t'as fait gli studi, et moi j'ai pas fait gli studi, et toi t'es allé dans les grandes écoles, à Paris. T'es intelligento...

Mauvais pour moi, ça. Si Dario Trengoni tient à me dire que je suis intelligent, c'est qu'il me prend pour un con. Ce qu'il appelle « les grandes écoles » c'est deux années de fac poussives qui m'ont précipité sur le marché du travail, comme ça, en traître. Mais ma mère s'en était vantée dans le quartier.

— Anto', tu dois me faire une belle lettre, bien propre.

— Pour qui ?

— Pour l'Italie.

— T'as encore quelqu'un, là-bas ?

— Un paio d'amici.

— Tu le parles mieux que moi, l'italien, moi j'ai oublié, et puis, ils parlent le patois tes amis, et va écrire le patois, tiens... Demande à mon père, il est capable, et ça l'occupera, il s'emmerde, le vieux, ça va l'amuser.

— Pas possible. J'ai le respect pour lo Cesare, il est tranquille, je veux pas lui donner à penser, et pis... J' t'attends depuis neuf jours que tu passes. Neuf jours. T'es l'unique à qui je peux demander. L'unico.

Irrésistible accent de vérité. Je n'apprécie pas beaucoup. Je veux bien être l'unique de quelqu'un mais pas d'un type dont je ne croise plus la route. S'il a attendu neuf jours, ça peut vouloir dire que je suis cet être rare. Ça peut vouloir dire aussi qu'il n'y a pas l'ombre d'une urgence.

— Elle doit dire quoi, cette lettre ?

— Le bloc et l'enveloppe je les ai, on va acheter le timbre au tabac, si tu veux je te paye l'heure.

— Elle doit dire quoi, cette lettre ?

— In mezzo alla strada ?

Au milieu de la rue ? Oui, après tout, c'est vrai qu'on est au milieu de la rue, la rue qui mène au bus, mais qui passe devant le tabac, et je ne rentrerai plus jamais dans ce tabac toute ma vie durant. Je sais que Dario y va encore.

— Où on va ? je demande.

— Pas chez moi, pas al tabaccho, trop de gens. Je prends le bus avec toi, à Paris.

— Non.

— No ?

— Je reviens dimanche.

— Trop tard. La lettre, on l'a fait juste maintenant, ta mère elle dit que des fois elle fait les tagliatelles et tu viens même pas. Alors moi je sais, on va a *casa 'l diavolo*.

Longtemps que je n'avais pas entendu ça. A la maison du diable. C'est l'expression qu'employaient nos mères pour dire, tout simplement : au diable, au bout du monde... Mais les Italiens mettent des maisons partout, même en enfer. Un vrai terrain vague, comme on en trouve qu'ici, une aire en friche et boueuse derrière l'usine de bateaux. Un bon petit carré de jungle qui servait et sert encore de cimetière pour coques de hors-bord. Le bonheur de Tarzan et du Capitaine Flint. Deux cerisiers. Un lilas. Une odeur de résine qui persiste autour des épaves.

— Je vais me salir, dis-je, en passant sous le grillage.

Dario n'entend pas, il veille à ce que personne ne nous voie entrer, mais pas comme avant, il n'a plus cette tête d'espion trop vite repéré.

Je n'arrive pas à voir si tout a changé. Les terrains vagues ne sont sûrement plus ce qu'ils étaient. Dario grimpe dans la coque d'un huit mètres, et je le suis.

— Ici, on peut s'appuyer.

Il sort un bloc de papier et un stylo à bille bleu.

Dario ne pense pas à la quantité de résine qu'il a fallu pour lui donner une forme, à ce moule de huit mètres. Il a oublié que son père est mort d'avoir inhalé quinze ans d'effluves de cette merde qui bouffe les poumons. Mon père avait refusé d'emblée, il préférait les emballer dans des sacs de paille, les bateaux. Peut-être que ça lui rappelait les moissons. Maintenant les syndicats ont imposé les masques à gaz. A l'époque on faisait boire du lait aux ouvriers à raison d'un berlingot par jour. Il en a bu des piscines entières, le père Trengoni pour lutter contre les vapeurs toxiques.

J'avais oublié ça.

Dario s'installe dans le recoin où nous imaginions la barre et la radio. Et moi vers le côté le moins attaqué par la mousse. Bâbord.

— C'est long ce que tu dois dire ?

— Un peu quand même... T'es bien installé ? Tu mets en haut à gauche... Non... Un peu plus haut... Tu mets trop de vide, un peu moins... Voilà... Tu mets une belle boucle... Chère Madame Raffaëlle, en haut, avec un beau R.

— En français ?

— Oui.

— Et tu m'as dit que c'était pour des amis de là-bas.

— Bah, c'est pour une femme, une femme qu'est une amie, dit-il, l'air gêné comme un môme, un vrai.

Je renonce, pour l'instant, à comprendre. Pourquoi chercher, d'ailleurs. Comment refuser une lettre d'amour à un analphabète ? Mon père ne lui aurait effectivement été d'aucun secours. Si c'est vraiment une lettre d'amour, neuf jours, c'est sûrement trop long. Il est même fort possible que je sois le seul, l'unique individu autour de Dario qui sache à peu près où mettre des points de suspension dans une lettre d'amour à une Française.

— Là, il faut lui dire que je dis pas toujours la bucia... la bucia... ?

— Le mensonge.

— C'est ça... Dis-lui que des fois j'ai dit le vrai, spécialement à la fin. Au début, on s'est pas rencontrés par fortune, je savais bien qu'elle venait dans le club des fois toute seule. Allez, marque...

Tu ne te rends pas compte de ce que tu me demandes, Dario. Ecrire sans comprendre, sans que tu ne me racontes l'histoire, ni son début ni sa fin.

— Allez, marque... mais écris bien, avec un peu de... un poco di cuore, andiamo, va...

Je commence à griffonner, l'encre bleue vient tout juste d'humecter la pointe du stylo.

— « *Chère Madame Raffaëlle, je n'ai pas toujours*

été un menteur. Notre première rencontre n'était pas due au hasard. » Ça te va ?

Il scrute le plus petit délié comme s'il avait peur de la trahison. Traduttore Traditore.

— Bene, bene, andiamo, c'est pas la peine pour le club. Mets que je lui dis merci pour le billet et l'argent pour l'Amérique, et pour tout le reste.

— T'es allé aux Etats-Unis, toi ?

Il baisse les yeux vers un pneu de remorque.

— Une fois, c'est tout.

— T'y as travaillé ?

— Marque !

Je reprends, presque mot à mot, le corps de sa phrase sans oublier ses zones floues, mais ma version semble le satisfaire.

— Après tu marques que je vais rembourser le plus que je peux, si j'ai quand même le temps.

— Tu veux dire, si tu « trouves » le temps, ou si on t'en « laisse » le temps ?

— C'est pas pareil ?

— Ben non.

— Alors mets que je fais le plus vite possible, mais peut-être que les autres vont aller plus vite que moi, marque... Elle comprendra a menta sua, dans sa tête à elle...

Quelques ratures.

— T'en fais pas, je recopie après...

Il sent que je peine. Je commence de mieux en mieux à réaliser que j'étais bien l'unique.

— Dis-lui que c'est pas fini. Il faut croire aux miracoli et que lo miracolo... si svolgéra...

Le miracle se produira...

Lyrisme de chansonnette. Ridicule. Il a pêché ça dans une chanson de Gianni Morandi, ou un truc comme ça, je me souviens même de l'air.

— C'est presque fini, Anto'. Maintenant tu mets le plus important. Fais-lui comprendre que la mia strada è longa, proprio longa... Et qu'elle et moi on se retrouvera a qualche parte della strada.

Là, j'ai réfléchi une seconde. Et j'ai recapuchonné le stylo. *Ma rue est longue et on s'y retrouvera bien quelque part...* Je refuse d'écrire un truc pareil. Il y a des limites. J'ai bien peur qu'il ait mis la main sur une métaphore à faire perler un stylo à bille. Mais cette fois dans une mélopée à la Celentano.

— Qu'est-ce que tu veux dire, au juste ? Que la « route » est longue... comme si tu voulais dire, je sais pas... le chemin de la vie, ou un truc comme ça... ?

Il me dévisage, circonspect.

— Ma sei pazzo... ? T'es fou, Antonio ! Moi je te parle de la rue, la nôtre, la rue où t'es né, celle-là derrière, là où ils habitent tes parents et ma mère, la rue Anselme-Rondenay à Vitry-sur-Seine. C'est celle-là qu'il faut mettre dans la lettre !

— T'énerve pas ou j'arrête. Et pourquoi tu veux dire qu'elle est longue, on voit bien que t'en es jamais sorti. T'es sûr d'être allé aux Etats-Unis ?

— Mets ce que je dis, notre rue, c'est presque la plus longue du monde, va... Et toi, Anto', t'es le seul du quartier qu'a pas compris ça, c'est pour ça que t'es parti à Parigi. Allez, marque ça...

Muet, brouillon, paumé, je suis. La plume ne se décide pas à écrire la plus simple de toutes les phrases qui dérivent sur la blancheur du papier. Qu'est-ce qu'elle va y lire, cette Mme Raffaëlle ? Quatre petits mots que je ne sais pas comment prendre.

Et j'essaie de me persuader que le message que tous les poètes du monde ont essayé de crier sur des milliers de pages, au fil des siècles, cette sagesse ultime et désespérée, il faut que ce soit un abruti de petit rital inculte qui veuille le faire tenir en quatre misérables mots.

Ma rue est longue.

*

Je lui ai tendu la lettre, il l'a recopiée en s'appliquant comme un gosse, bien nette, comme il la voulait, et il me l'a prise des mains sans un merci. Ensuite il l'a cachetée sous une enveloppe où il a noté une adresse en se détournant le plus possible de moi. A tribord toute.

— Vas-y, Anto', prends-le, le bus. Et ne parle de ça à personne, jure-le sur la tête de ta mère.

J'ai sauté à pieds joints dans la baille où flottaient des parpaings recouverts de chiendent. Dario attendait que je m'éloigne avant de retrouver la rue.

— T'as fait des conneries, Dario ?

D'en bas je ne voyais plus que sa main, agrippant le bastingage.

— Réponds-moi, t'as fait des conneries ?

Je suis sorti de la jungle sans attendre la réponse qu'il ne me donnerait pas, et j'ai retrouvé la rue Anselme-Rondenay.

En haut de la butte je l'ai reconsidérée, en perspective. Deux cents, deux cent cinquante mètres, à tout casser. Une petite trentaine de pavillons gentiment manufacturés à l'italienne, avec moulte patience et briques de chantiers nocturnes. Cette rue, je suis né dedans. Que je le veuille ou non, j'y suis forcément inclus.

Je ne reviendrai pas dimanche.

Dario Trengoni n'a plus du tout intérêt à me demander quoi que ce soit.

Je rentre chez moi.

A Paris. Et la route est longue.

Perché sur mon balcon, je fouillais le paysage en essayant de discerner la flèche de Notre-Dame au travers des antennes. Quand j'ai emménagé, l'ancien locataire m'avait assuré l'avoir vue, par temps dégagé, sur les coups de dix heures du matin. J'habite en vis-à-vis des Salons Laroche, un endroit festif qu'on loue pour y faire des soirées à tout casser, à commencer par les oreilles des voisins, et je suis le seul riverain à ne pas m'en plaindre. J'allais grimper sur un tabouret quand une femme de ménage sur la terrasse d'en face, traînant dans une poubelle les reliefs de la nuit, a essayé de m'en dissuader.

— Ça serait idiot, à votre âge. Pensez qu'on va vers l'été.

Dans un bruissement de paillasson j'ai compris que j'avais du courrier et j'ai attendu un moment que la concierge s'éloigne. Le téléphone a sonné à l'instant où j'ouvrais la porte. Mais j'ai eu le temps de voir cette chose inerte, si blanche et si noire, qui m'a griffé les yeux au moment où j'allais y tendre la main.

La sonnerie insiste.

A l'autre bout, la voix d'une de mes sœurs, je l'ai appelée Clara mais il s'agissait de Yolande. Mon père aurait dit Anna. Une chance sur trois, mais on perd toujours.

— Antoine... Tu sais quoi ?

— Quelqu'un est mort.

— Tu sais déjà... ?

Je lui ai demandé de patienter un moment. Mon cœur s'est emballé et je suis retourné prendre la chose au liseré noir. Il y avait un mort dedans, il me suffisait d'ouvrir l'enveloppe pour y débusquer son nom. Je me suis demandé s'il valait mieux le lire ou se l'entendre dire ? J'ai hésité, une seconde, avec le téléphone dans une main et le faire-part dans l'autre. Le lire ou se l'entendre dire ? L'un et l'autre me donneraient la nausée, sans trop savoir pourquoi.

En fait, non, je sais bien pourquoi. C'est parce que le défunt et moi, on est déjà morts mille fois sur des champs de bataille, on s'est donnés le coup de grâce chaque fois que la cavalerie n'arrivait pas à temps, on s'est provoqués en duel, à dix pas, face à face, et chacun son tour. On se figeait net, trois secondes, le visage déchiré d'une grimace, avant de s'écrouler à terre.

Et dire qu'on allait vers l'été.

— C'est Trengoni, j'ai dit, vers le combiné.

— J'ai vu sa mère hier, en passant chez les parents. Tu vas y aller, à l'enterrement ? Elle aimerait bien que tu sois là, la mère Trengoni.

— Pourquoi ?

— ... Comment pourquoi ? T'es un peu salaud de demander ça... T'étais son pote, non ?

Ensuite elle m'a dit comment Dario était mort. Mais je n'ai pas voulu y croire. Ce n'est pas comme ça que meurent les amis d'enfance. Les copains de western.

*

Des mères, en pagaille. La sienne, pas loin du trou et du prêtre, et la mienne, à bonne distance dans la hiérarchie des douleurs, et toutes les autres, avec ou sans leurs rejetons, des garçons, pour la plupart. J'ai l'impression de relire le faire-part : *Monsieur et Madame cosi, cosa, coso, cosello, cosieri, cosatello, et leurs enfants...*

Pratiquement tout le monde, sauf mon père, à cause de sa patte folle. La mère Trengoni n'a pas fini de le visiter, ce cimetière, avec un mari, et désormais, son fils unique. Elle doit se demander si ce départ en France était une bonne opération. Telle qu'on la connaît, elle ne trouvera plus jamais l'occasion d'y retourner, au village, pour ne pas les laisser seuls, ses deux hommes.

Mes sœurs ne sont pas venues, ni mon frère, personne ne le connaissait vraiment, Dario. Juste une figure folklorique du quartier. Ils ont tous pensé que j'étais le seul d'entre nous à avoir une place légitime dans le cortège. Avec Dario, en sortant de l'école, on se cachait pour rire comme des bossus en voyant passer des cercueils vers le cimetière du Progrès. Parce que situé dans la rue du Progrès, derrière la cité de H.L.M. Du même nom.

J'ai un grand-père dans la division voisine. Pour me soustraire à ce bloc de silence je cherche des yeux sa croix en fer forgé que mon père avait ramenée de l'usine. Celle de Dario est toute simple, juste son nom et ses dates. Dans l'attroupement j'essaie de repérer toutes les têtes que je ne connais pas, et j'en trouve quatre ou cinq. Quelques nuages arrivent par le nord. Manquerait plus qu'il pleuve, en plein été. Le prêtre va bientôt cesser de nous sermonner. Arrive le moment le plus redouté, le défilé devant la mère, où les plus peinés la prendront sur leur cœur, et les plus inspirés se fendront d'une petite phrase où il est question d'ici-bas, de là-haut, et bien sûr de là-bas, une vraie connerie bien sentie qui ne réconfortera personne, mais rares sont les occasions, dans le coin, de faire un peu de métaphysique. Certains s'emparent du goupillon, mais ce sont les autres qui m'intéressent, ceux qui restent en retrait, ceux qui n'osent pas et qui pourtant sont venus jusque dans ce cimetière du Progrès, perdu au fin fond d'une banlieue rouge. J'y vais ou j'y vais pas, au goupillon ? Il y a bien cette femme dont le visage est caché par un voile, tout près, sur ma gauche. Elle renifle bruyamment, sûrement trop, je déteste ce genre de démonstrations méridionales. Pour pleurer avec autant de cœur, on en a certainement le droit. On sent déjà chez elle toute l'étoffe d'une mater dolorosa. Pourtant je ne vois presque rien d'elle, ni ses yeux ni ses jambes, et une intuition me dit que cette femme ne pleure pas en italien mais en bon français. Avec ses paumes devant sa bouche on ne sait pas si elle pleure ou si elle prie.

Dario ? Dario ? C'est qui, cette nana ? Ne me dis pas que tu avais réussi à agripper une française, pour clôturer ta carrière de latin lover de sous-préfecture ? T'as entendu le curé parler de toi ? Ça te semble juste, quand il parle de ta gaieté et du souvenir que tu laisseras en nous ? Tu veux que je t'en fasse une, moi, d'oraison funèbre ? T'étais rien de plus qu'un beau gosse qui attendait que le monde s'en aperçoive, t'étais trop feignant pour devenir un voyou, trop fier pour malaxer de la pâte à pizza. Ce que tu avais de bien à toi ? Pas grand-chose, à part tes idées lumineuses pour tenter de *cavarsela* comme tu disais, se faire une place au soleil, faire son trou. Mais sans creuser. D'autres s'en sont occupés, aujourd'hui, du trou, et t'auras au moins réussi ce coup-là. Le curé qui prononce toutes ces belles paroles ne soupçonne pas qu'il a été ta première victime, t'avais pas dix ans. Les faux billets de tombola de sa kermesse. Tout ce fric, tu l'avais joué au tiercé. Et qui se souvient de ton passage au radio-crochet de la Fête des Lilas ? T'avais fini deuxième, après un groupe de rock du plateau. T'avais chanté, la main sur le cœur, un vieux truc de Boby Solo : *Una lacrima sul viso...* Mon père y était allé aussi de sa petite larme, tellement il riait. Et toi, la reine d'un jour, t'as pensé que ça y était. Voilà ce que tu laisseras dans nos mémoires, une succession de combines invraisemblables dont le seul mérite est de ne jamais t'avoir coûté la taule.

C'était pas une raison pour te retrouver étendu là-dedans si vite. Je n'ai parlé de ta lettre à personne, mais je n'ai pas réussi à l'oublier entièrement. On dit que tu es mort d'une balle dans la tête, qu'on t'a retrouvé sur les quais de la Seine, à la limite d'Ivry.

Tu crois que ça m'a surpris ? Je me refuse à admettre que tu n'as pas fait une grosse connerie, après toutes celles que tu m'as fait écrire. Je ne peux pas m'empêcher de penser que tu la méritais peut-être, cette balle, comme tu as mérité toutes les raclées que t'as reçues étant môme. C'était quoi, cette somme à rembourser « si on t'en laisse le temps » ? La promesse d'une culbute qui t'aurait fait devenir adulte ?

Et celle-là, sur ma gauche ? Elle pleure comme une fille qui s'appellerait Raffaëlle. Elle a trouvé en elle toutes les larmes que je n'ai pas su chercher. On ne mesure pas le chagrin à la même aune. Et la mienne n'est pas si grande.

Mais je ne suis pas le seul. Deux types postés à une dizaine de mètres de nous, l'un en bras de chemise et l'autre en blouson, assistent aux adieux, adossés à des platanes. Quelque chose me dit que ces gars-là ne vibrent d'aucun chagrin. Combien sommes-nous dans le même cas ? J'ai évité le goupillon de justesse mais j'ai embrassé la mère Trengoni. C'est pas que j'en avais vraiment envie mais j'ai le même âge que son gisant, et avec ma gueule de petit brun aux yeux noirs, je me suis dit qu'elle voulait peut-être sécher ses joues sur les miennes, un instant.

Quand elle m'a étreint si fort, je me suis senti prisonnier de sa douleur.

*

L'après-midi fût terriblement long. Ma mère m'a donné l'ordre formel de rester dans le quartier aussi longtemps qu'il le faudrait, sans pour autant me donner une raison valable. Mon père, moins vindicatif, m'a tout de même demandé de faire un effort. J'ai senti que c'était sérieux quand il a abandonné le dialecte pour un italien clair et pur, un Toscan qu'il n'emploie que pour parler grave. Comme s'il abandonnait son parler paysan pour devenir un monsieur, un *signore*, bref, quelqu'un de crédible. Dans ces moments-là, rien ne m'inquiète plus que son passé simple, et sa troisième personne de politesse me cloue de trouille. La mère nous a servi un expresso à frôler la tachycardie, et il m'a expliqué ce qu'on attendait de moi.

On ne laissera pas la mère Trengoni souffrir en paix. La police ne sait pas trop comment procéder, avec une vieille femme brisée qui ne parle qu'un jargon déjà incompréhensible pour les « étrangers » vivants à un jet de pierre de son village natal. Ils n'ont pas encore réussi à l'interroger depuis qu'on a découvert le corps, à chaque fois ils provoquent une tragédie antique et se retrouvent trempés de larmes. J'ai tenté d'imaginer la tête de deux flics aux prises avec une grosse dame qui pleure dans une langue inconnue et qui refuse l'idée d'une balle dans la tête de son fils unique. Ils ont besoin d'un interprète qui aurait, du même coup, bien connu le défunt. L'interlocuteur idéal, quoi... Elle n'a pu citer qu'un seul nom.

Dario m'avait demandé de la version, désormais les flics veulent du thème, et moi je ne sais plus comment me défaire de cette langue que j'ai longtemps cherché à oublier. Personne ne se doute à quel point il m'est pénible de jongler avec les nuances chaloupées d'une langue qui ne m'inspire plus vraiment de respect. La version, passe encore, mais le thème... Je peux transformer *E cosi sia* en *Ainsi soit-il,* mais l'inverse me demande des heures. Et si je me méfie autant du thème c'est parce que j'ai déjà connu ce calvaire, poussé à son extrême, au centre de cancérologie de Gustave Roussy. En passant voir un ami je m'étais arrêté une seconde devant cette pancarte qui demandait des bénévoles bilingues Français-Italien, pour les 40 % de malades débarqués de tous les coins de la péninsule. Les ritals font plus confiance à leurs garagistes qu'à leurs médecins. Naïf, je m'étais dit que je pouvais être utile, au hasard de mes visites, à des malades angoissés qui ne comprenaient un traître mot aux terribles révélations des toubibs. Des petits services simples, gentils, sans conséquence.

Funeste erreur.

Ma candidature s'était répandue comme une traînée de poudre dans tout l'étage, des femmes sont arrivées, seules, entièrement chauves, ou avec des enfants, chauves, dans des chaises roulantes, et des hommes tenant des goutte-à-goutte à bout de bras. Les nouveaux arrivants, les émigrants du cancer, tous pleins de comment, de pourquoi, et de combien de temps. Une avalanche de mots, une tornade d'espoirs, un magma d'angoisse, et tout ça retenu au fil fragile de la langue. Tous m'accaparant, me racontant leur histoire, me forçant à l'urgence de la confidence. Je m'en suis plutôt bien tiré, les infirmières ont pu répondre aux premières questions, les plus simples, les chambres, les repas, le fonctionnement de l'hôpital, les papiers à remplir. Un médecin m'a prié de l'accompagner dans une chambre, juste quelques minutes, pour une malade qu'il venait d'opérer la veille d'une tumeur au visage. Le nœud encore lâche dans ma tripe s'est resserré d'un coup. Comment on dit « tumeur », déjà ? Quand j'ai vu cette femme, la tête enrubannée de gaze, j'ai senti que le plus dur restait à faire. Le thème. Le toubib me demandait d'expliquer à la malade comment elle allait vivre la suite de son existence. Pas question de se tromper d'adjectif ou de choisir le mauvais adverbe, chercher un maximum d'exactitude dans une langue autre que la sienne. Restituer la précision du bilan glacé d'un chirurgien.

— Dites-lui que l'opération s'est bien passée, et que toutes les cellules malades sont parties.

Je traduis comme je peux, elle comprend, elle hoche la tête, je souffle.

— Dites-lui qu'on lui enlève les pansements dans une dizaine de jours. Dites-lui en revanche que la tumeur était plus importante que prévu, et que malgré une bonne chirurgie plastique, on ne pourra jamais rattraper cette cavité dans la joue gauche.

Depuis ce jour, j'ai dit adieu à cette langue.

Une chemise blanche, un blouson, je n'ai pas été surpris en les revoyant là, attablés autour d'une nappe cirée jaunâtre maculée de brûlures de cafetière. L'un d'eux scrute le calendrier des postes posé sur la table en écartant du bout des doigts la branche de rameaux qui perd ses feuilles sur le mois de mars.

La vieille est là, un peu à l'écart, le voile noir rabattu derrière le front. Elle a voulu que je m'assoie près d'elle, ma main droite pétrie dans les siennes, et les inspecteurs ont fait semblant de trouver ça naturel. Je me suis présenté comme ex-copain de Dario, nous avons convenu de la difficulté de communication avec la vieille, ils m'ont remercié d'emblée pour le service, avant même la première question. Les flics de la commune de Vitry-sur-Seine, avec ses 35 000 immigrés de partout, sont confrontés à ça tous les jours. Discrets, compréhensifs, ils ne m'ont fait traduire que des questions simples et claires qui auraient pu se résumer à une seule : qui était Dario ? Le portrait qu'en avait fait le curé le matin même n'avait pas dû leur servir à grand-chose. Activités, moyens de subsistance, fréquentations, salaire. La vieille n'en a quasiment jamais rien su, c'est là le drame. Mais pourtant, il vivait ici, avec vous... ? Il sortait le matin, il revenait parfois le soir, il n'a jamais rien fait de mal. J'ai expliqué aux flics que pour une mamma Italienne, voir son fils rentrer avant la nuit était la garantie formelle de son honnêteté.

— Il avait des ennemis ?

— Aveva nemici ?

— No ! No !

Enervé, j'ai sorti une cigarette et j'ai attrapé un briquet en plastique bleu qui traînait sur la table.

Après une bonne heure de ce petit jeu de questions sans réponses, le flic en blouson, lassé, a fait glisser l'interrogatoire sur moi, mine de rien. J'ai dit tout ce que je savais de Dario, peu de choses en vérité, et j'ai cru bon d'omettre notre dernière rencontre et l'histoire de la lettre. Pourquoi j'ai fait ça ? Pour deux raisons, toutes simples, toutes bêtes : mon serment à Dario de la boucler pour le restant de mes jours. J'ai surtout redouté que le simple fait d'évoquer cette somme d'argent à rembourser d'urgence et cette madame Raffaëlle faisait de moi à coup sûr la piste numéro un de leur enquête. Et moi, je n'ai surtout pas envie d'être une piste.

— Est-ce qu'elle se souvient de la soirée du 22 juillet ? Il a mangé ici, il est sorti vers quelle heure ?

Elle a cherché, longtemps, les larmes aux yeux. Elle avait préparé le dîner, il n'a touché à rien, il est sorti vers 20 heures pour ne plus jamais rentrer, et c'est tout.

— Vous êtes sûre qu'il n'a pas touché à son dîner ? Qu'est-ce que vous aviez préparé ?

J'ai trouvé la question parfaitement anodine, au regard des précédentes.

— Pasta asciutta.

— Ce sont des pâtes sans sauce ou presque, j'ai dit.

Les deux inspecteurs se sont regardés, sceptiques. L'un d'eux m'a expliqué que dans le cas d'un meurtre on fait obligatoirement une autopsie du corps. Avec ce qu'on a retrouvé dans l'estomac de Dario on sait que, deux heures avant de mourir, il a ingéré une ration de pâtes. Et, apparemment, rien d'autre. J'ai failli leur demander quel type de pâtes c'était, mais j'ai pu visualiser un instant le magma gluant qu'on y avait trouvé.

— Il semblerait qu'il les ait mangées ailleurs

qu'ici, on a retrouvé aussi du maïs, et une herbe qui pourrait bien être de la menthe.

— Et des pissenlits, aussi, a ajouté l'autre.

— Ouais, des pissenlits. C'est pas ça, la pastachutta, hein ? Demandez-lui si son fils aurait pu trouver ça dans le frigo, un reste, je ne sais pas...

Quand j'ai évoqué le maïs, les pissenlits et la menthe, la vieille m'a regardé comme si je parlais de cyanure. Non, la mère Trengoni n'a jamais préparé ça de sa vie. Aucune Italienne au monde ne mélangerait une horreur pareille. Comment Dario a-t-il pu avaler ça ? Je suis presque sûr que ni l'un ni l'autre de ces ingrédients n'entre dans aucune recette de pâtes. Quelque chose m'échappe.

— Demandez-lui si son fils possédait une arme.

Je connaissais déjà la réponse.

— Et vous, monsieur Polsinelli, il ne vous a jamais montré d'arme à feu, un revolver. La balle qui l'a tué était une neuf millimètres.

— Je ne l'ai jamais vu avec ça en main, j'ai fait. Et j'y connais rien.

La mère Trengoni en a eu subitement assez, elle m'a dit, dans son patois : « dis-leur d'aller se faire foutre ».

Je n'ai jamais eu de chance, avec cette langue.

Comme s'ils avaient compris, ils sont partis en me disant en aparté que la vieille ne facilitait pas les choses. Ils m'ont remercié à nouveau, ont pris note de mon numéro de téléphone et sont partis vers onze heures du soir. J'allais leur emboîter le pas quand la mère Trengoni m'a retenu par la main rouge et moite qu'elle n'avait cessé de triturer durant tout ce temps. En tête-à-tête, elle avait envie de me parler de lui dans un jargon qui sonnait de façon de plus en plus naturelle à mon oreille.

— Tu me le donnes à moi aussi, ton téléphone, Antonio… ?

Comment refuser ? Je n'en aurais pas eu le temps, elle m'a tendu un bout de papier et a ouvert le tiroir de la table où j'ai pu voir un monticule de stylos à bille, tous identiques, du même bleu marine que le briquet dont je m'étais servi toute l'après-midi. En y regardant à deux fois, j'ai compris que le stylo que Dario m'avait donné pour écrire la lettre sortait du même tiroir. Elle m'en a tendu un et j'ai griffonné mon numéro. Sur les deux objets, j'ai repéré la même publicité en caractères gothiques : Le Up. Club Privé. 43 rue George-V. Le genre d'adresse qui ressemble plutôt au fils qu'à la mère. J'ai rangé le stylo dans ma veste de deuil.

— Dario aurait dû rester avec toi. T'étais un bon copain. Il aurait dû partir à Paris et trouver un métier, plutôt que rester ici, à traîner. Trois mois de ça il m'a dit qu'il voulait retourner chez nous, à Sora, cultiver le petit terrain de vigne qu'on avait. C'était le mieux pour lui. A Paris ou à Sora, mais pas ici. *In questra strada di merda…*

Je suis repassé chez mes parents pour un rapport en bonne et due forme. Ma mère avait préparé un plat de fanes de navets cuites et un reste de petites pâtes en forme de plomb dans un bouillon de poule. Pas eu le courage de faire une vraie sauce, elle a dit. J'ai siroté le bouillon à même la casserole posée sur le poêle à mazout, et mon père a baissé le son de la télé pour ne pas perdre une miette de ce que je racontais. J'ai pris mon mal en patience, j'avais le sentiment que tout Paris m'attendait, que mon costume et ma cravate noirs allaient finir au feu, que j'allais bientôt fermer la parenthèse de cette journée de deuil banlieusard, triste à en crever moi-même.

J'ai raconté sommairement l'entrevue, j'ai demandé au vieux ce qu'était un calibre neuf millimètres, au cas où il s'en souviendrait, mais il n'a pas daigné répondre.

— Le plus marrant c'est que Dario a dit qu'il voulait cultiver la vigne, il parait que les Trengoni ont un bout de terrain, là-bas ?

— La vigne vers Sant'Angelo ? il a demandé, nerveux.

— Je sais pas.

— Cretino...

J'ai parlé de ces pâtes retrouvées dans l'estomac du mort, et là, le père s'est dressé sur sa jambe valide et a claudiqué jusqu'à moi. Il a ravalé sa surprise, comme si de rien n'était, et m'a demandé de répéter.

— Répéter quoi ?

— Le maïs.

— Bah... oui. Avant de mourir il a mangé un plat de pâtes avec du maïs.

— Et quoi d'autre ?

— Ils ont parlé de menthe... Et de pissenlits.

Il est resté un moment silencieux, concentré, puis il a demandé une chaise et s'est assis face à moi en me donnant l'ordre de cesser une seconde d'avaler cette soupe.

— Maïs, pissenlits et menthe… ? C'est sûr… ?

— Bien sûr… J'avais jamais entendu parler de ça. Hein m'ma ? T'as jamais fait ça, toi ?

Ma mère, inquiète, a juré devant Dieu qu'elle n'avait jamais mis en présence ces trois ingrédients dans une casserole. Elle ne sait même pas ce qu'est la menthe. Elle a tout de suite voulu savoir quel genre de pâtes on avait retrouvé.

— Pasta fina o pasta grossa ?

J'ai répondu ce qu'aurait dit un médecin légiste : va savoir…

Et, brusquement, le père a commencé à marmonner des syllabes sans origine, comme saoûl, puis s'est remis à boiter vers le petit buffet pour en sortir la bouteille de grappa. Ma mère n'a pas eu le temps de riposter, il a bu quelques gorgées à même le goulot et s'est figé une seconde pour laisser passer la brûlure. Cette bouteille-là lui est interdite, il le sait, mais ma mère a dû sentir que, ce soir, il ne supporterait pas l'ombre d'une remontrance. Et moi, ça ne me regarde plus vraiment, malgré une réelle curiosité quant à cette subite envie d'avaler quelque chose de fort.

En rangeant la bouteille, il n'a dit qu'un mot.

— Rigatonis…

Un instant de stupeur.

— Qu'est-ce que ça veut… Pourquoi tu parles de rigatonis ?

— Parce que c'est ça qu'il a mangé. Des rigatonis.

— Comment tu le sais ?

— Parce que c'est moi qui te le dis.

Le genre d'arguments formels qu'il affectionne.

— Explique-toi, porco Juda !

Les rigatonis sont des pâtes larges, trouées et striées afin de mieux s'imprégner de sauce. Un calibre assez gros pour diviser une famille en deux, les pour et les contre, et chez nous, mon père à lui seul se chargeait du contre. Il a toujours détesté les pâtes qu'on mange une à une et qui remplissent la bouche. Il est fervent défenseur des capellinis, le plus fin des spaghettis, cassés en trois et qui cuisent en quelques secondes. Est-ce pour le geste agile de la fourchette slalomant dans une entropie frétillante, ou bien cet étrange sentiment de fluidité dans le palais, mais il n'en démord pas. Il masque quand la mère nous en fait, des rigatonis. De là à leur imputer la mort de Dario, il abuse.

— Mais qu'est-ce que c'est que cette histoire ? je demande, la voix haut perchée, avec un demi-sourire.

Pour toute réponse il rallume la télé et s'installe dans le fauteuil. La musique d'orgue de barbarie du ciné-club de la deuxième chaîne nous plonge dans un drôle de climat.

— Laissez-moi, je regarde le film.

Ma mère, avec un geste discret de la main, me demande de laisser tomber. Après tout, elle le connaît mieux que moi.

Je ne dois pas louper le dernier bus. Avant de partir, j'embrasse mon père qui ne devrait plus tarder à aller soigner sa jambe.

— C'est quand, la cure ?

— Domani mattina, dit ma mère. Et ça me tarde... elle ajoute, sans qu'il l'entende.

Je suis sur le seuil de la porte et pourtant j'hésite, moi qui ne me fais jamais prier pour quitter cet endroit. Il faut que je reparte à la charge. Une dernière fois.

— Dis, c'est quoi, cette histoire de rigatonis... ?

Il s'est levé d'un bond, pour hurler, et j'aurais pu m'attendre à tout sauf à ça, il a gueulé en me traitant de crétin, et en me donnant l'ordre de partir, de rentrer chez moi, à Paris, en hurlant que je n'avais rien à foutre dans cette maison.

Ma mère est sortie de la pièce, peut-être pour fuir sa colère, et il a remis ça, en disant que c'était déjà assez pénible de partir en cure, et que personne n'était là pour l'aider. Il a conclu en disant qu'un jour ou l'autre je pourrais bien faire la même fin que Dario.

Un grand numéro. Une représentation exceptionnelle.

Pendant tout ce déferlement de hargne j'ai regardé du côté de la télé. Histoire de ne pas baisser les yeux à terre. Quand il m'a flanqué dehors, je n'avais toujours pas pigé pourquoi il m'avait pris pour cible. En revanche, j'avais compris pourquoi il tenait tant à le voir, ce film. « La marche sur Rome ». L'histoire de deux apprentis fascistes qui s'endoctrinent pour un plat de polenta.

Ça ressemblait à un souvenir de guerre.

*

Agité, chiffonné dans les draps, la nuit a fini par me donner un peu de fièvre. Avec les souvenirs de

Dario qui m'ont brûlé le front en attendant l'aube. Il lui a fallu être sous terre pour venir hanter mon sommeil. Dans une demi-somnolence j'ai mis en scène le moment de sa mort, au ralenti, avec le duel de deux acteurs dont l'un a le visage mal éclairé et l'autre, avec force trucages, grimace du mieux qu'il peut en réalisant que son cervelet vient de s'écraser contre un mur. Très mauvaise fin, ça m'a énervé, j'ai ouvert les yeux d'un coup et me suis dressé sur mes jambes pour aller voir ce qui se tramait sous mes fenêtres. Pas grand-chose, les habituels fêtards sur la terrasse d'en face, le camion de la voirie, une voiture qui démarre, une légère clarté qui vient brouiller les ténèbres. Quatre heures trente, trop tôt pour tout, surtout pour me mettre au boulot, même si on a la chance de bosser à domicile. Je regarde cette maquette en polystyrène qu'un architecte m'a commandée pour fin septembre. J'ai le temps. J'en ai trop. Il est trop tôt pour tout.

Pas pour un peu de café bien serré. J'ai voulu en faire un bon, un de ceux que je ferais goûter à une fille pour l'épater. Sans doute ma manière à moi de célébrer l'enterrement d'un petit rital. Certains auraient pris une cuite, moi je fais un café qu'il aurait bu en connaisseur. De l'eau minérale, avec juste une toute petite pincée de sel. Le café, un mélange colombien, que je mouds assez gros, à cause du temps chaud. Je pose le filtre dans le réservoir et visse le couvercle. Qu'est-ce que tu dis de ça, Dario ? Ça t'étonne que je sois aussi méticuleux avec le café. Tu penses qu'un bon seau de lavasse me suffirait ? Tu ne vas pas me croire, mais l'expresso, c'est la dernière chose qui me rattache au pays. Phase délicate : déposer une larme d'eau dans le réservoir pour que les toutes première gouttes de café qui vont sortir — les plus noires — ne s'évaporent pas sur le métal brûlant. Dès qu'elles apparaissent je les verse sur un sucre posé dans une tasse, et mélange très fort pour avoir une belle émulsion brune. Quand le reste du café est sorti je remplis une tasse entière et y dépose l'émulsion qui reste en suspension et donne ce goût introuvable de ce côté-ci des Alpes. A la tienne, Dario.

Encore endormi, j'ai siroté un bon quart d'heure le nectar, en repensant à cette mort invraisemblable dont j'étais le seul, hormis le tueur lui-même et les deux flics chargés de le débusquer, à connaître le détail. J'ai fouillé dans les souvenirs que j'avais de cette lettre étrange qui a précédé sa mort. J'ai évalué un bon nombre d'hypothèses avec le plus de sérieux possible, quand, tout à coup, à propos de rien, un mot, un seul, s'est imposé dans mes pensées, et a martelé avec violence tous les recoins de ma mémoire. Une saloperie de mot qui a pris tant d'importance en quelques secondes. Et brusquement, tout le reste est tombé au plus bas dans mes centres d'intérêt. Le mot a resurgi pour ne plus me quitter, et j'ai compris à ce moment-là que mon vrai réveil s'opérait avec lui.

Rigatonis.

Rigatonis, rigatonis, rigatonis... Qu'est-ce que ce cinglé de père avait voulu dire, avec ces rigatonis. Quand je lui ai parlé de l'autopsie il a eu quelques secondes de vertige et s'est repris vite fait, puis il s'est refermé comme une huître, comme il sait si bien le faire, et ce matin je me retrouve avec ça en tête et le reste n'a absolument plus aucune importance. L'urgence, elle est là, les rigatonis, et c'est tout, point final. Le patriarche aime bien plaisanter mais il ne l'aurait sans doute pas fait autour de la mort d'un môme qu'il a pratiquement vu naître. Il n'était pas saoul mais a bien cherché à le devenir, juste après. Il m'a presque insulté, à propos de rien, puis s'est réfugié dans sa télé et m'a encouragé à déguerpir, et ça c'est mauvais signe.

J'ai attendu pour ne pas les réveiller, et c'est ma mère qui a répondu.

— Il est déjà parti, Antonio. De se disputer avec toi, ça lui tirait encore plus la jambe.

— Combien de temps il va rester là-bas ?

— Bah... un mois, comme tous les ans.

— Je passe te voir bientôt, ciao...

Le pater a préféré fuir. C'est ce que j'en ai conclu. Fuir quelque chose ayant trait à la mort de Dario. Il a préféré repartir à Perros-Guirrec pour se faire triturer l'aine gauche, plutôt que répondre à une seule de mes questions ou affronter on ne sait quoi qui nous a empêchés, tous les deux, de dormir. Moi, c'est pas trop grave, mais lui, il a soixante-douze ans et il traîne la patte. Sans parler d'une sérieuse tendance à ricaner quand un médecin lui propose de freiner sur l'alcool et le tabac. Mon père est une joyeuse ruine qui ne voit aucune raison pour que ça change. A moins qu'il ne se soit mis lui-même hors de portée... Comment savoir ?

Le jour se lève et je me pose la même question

que les flics banlieusards : qui était Dario ? Le Dario moderne, celui d'il y a trois mois. Celui que j'aurais pu être si ma curiosité naturelle ne m'avait pas poussé hors de la rue Anselme-Rondenay.

En fin de soirée je suis passé chez ma sœur pour lui emprunter sa voiture. Vers minuit j'ai rôdé du côté de la rue George-V sans savoir si j'allais m'y arrêter ou pas. Le « Up », club privé. Enseigne bleu marine, une porte noire, une sonnette. Dario y avait fait allusion dans sa lettre. Deux mots a priori détestables : club et privé. Sans parler du nom. Ça sonne comme un bar à entraîneuses. La déco intérieure doit être terrible. Et le videur borné. Et les filles tristes. Et les clients ringards. J'ai déjà fait l'état des lieux. Du sur-mesure pour Dario.

A tout hasard j'ai gardé mon costume de deuil et ma cravate. C'est le genre. J'ai sonné. Les yeux du videur m'ont étudié quelques secondes. Ces gars-là savent à qui ils ont affaire avant même qu'on ait franchi le seuil. Il a juste ouvert, sans un sourire, sans prononcer un mot, et je n'ai pas eu besoin de lui servir la petite phrase que j'avais concoctée. Un vestiaire où je n'ai rien laissé. Un premier bar, avec deux ou trois types dans le même costume que moi, sans doute la direction, ou des habitués. La déco est effectivement terrible. La musique vient d'en bas. Faible ronron de variétés. Les mains dans les poches, je déboule dans la cave tapissée de rouge, avec des banquettes et des fauteuils, un autre bar, des japonais, des filles pas plus belles que la moyenne, pas plus sexy. Je pensais que pour donner soif il fallait d'abord donner chaud. Dans un coin un peu reculé je vois cinq ou six quinquagénaires discuter, sans verres et sans filles. Seconde idée reçue, personne ne vient à moi, je pourrais rester planté là longtemps avant qu'on vienne me proposer quelque chose. Je m'assois sur un tabouret du comptoir, le serveur met un bon moment avant de me parler.

— Un bourbon. Sans glace.

— Jack Daniel's, Wild Turkey, Four roses, Southern Comfort.

Ils sont tous à cent quinze balles le verre, autant prendre le meilleur. J'ai descendu la dose en un rien de temps, j'en ai même regretté les glaçons. Puis un second. C'est à la fin du troisième que j'ai fait le calcul : moins trois cent quarante-cinq francs, trente minutes de silence, et je ne sais toujours pas si j'ai bien fait de venir. Entre temps, des gens sont arrivés, des couples, des touristes, d'autres filles, impossible de dire si elles travaillent ou pas. Personne ne veut m'adresser la parole. Je suis transparent. Invisible. Je n'existe pour personne. L'alcool me monte un peu à la tête, la salle s'anime. Je fais un geste au serveur pour qu'il vienne tendre l'oreille.

— Vous connaissiez un certain Dario Trengoni... ?

Léger mouvement de recul, il regarde dans la salle, pose le verre qu'il essuyait.

— Je ne suis pas ici depuis longtemps. C'était un client ?

— Je ne sais pas.

— Attendez une seconde, je vais me renseigner.

A la réflexion, je me demande si j'ai bien fait, il

sort de son bar et se précipite vers les cinq bonshommes assis. Cinq regards synchrones, vers moi. Le barman revient.

— On va se renseigner, bougez pas. En attendant, un petit bourbon ?

— Oui.

Triple dose. Je desserre un peu mon nœud de cravate.

— Regardez à votre gauche, il va y avoir un petit numéro, dans deux minutes. Ça peut vous plaire.

Un rideau rouge derrière lequel on devine une petite estrade bordée de spots et incrustée de fragments de miroirs. Juste le temps de descendre mon verre et le rideau s'ouvre. Avec l'œil égrillard du barman, j'ai tout de suite pensé à un strip-tease, ringard comme le reste. Et je me suis encore trompé quand le jeune gars est apparu dans le halo d'une poursuite jaune, sous de faibles applaudissements épars. Smoking. Micro. Regards ténébreux. Obscurité dans la salle.

Il y mettait du cœur, le gosse. En commençant par un morceau qui avait su tirer des larmes à ma sœur cadette il y a dix ans, un truc qui disait *Ti Amo Ti Amo Ti Amo...* et pratiquement que ça pendant trois minutes. Ensuite il a embrayé sur *Sei Bellissima...* et j'ai compris à ce moment précis qu'il s'agissait d'un vrai rital, à sa manière de faire traîner le *Bellisssssima...* On s'est retourné vers moi d'un air mauvais quand j'ai éclaté de rire sans le vouloir. Le temps de me reprendre et de voir mon verre plein. Que j'ai séché d'un trait. Quand il a entonné *Volare oooho Cantare,* j'ai enfin compris ce que

Dario faisait ici. Barman, impossible. Client, improbable. Chanteur. Il avait réussi ce coup-là, jouer le crooner au charme désuet et chanter des standards vibrants, usés jusqu'à la corde, dans un bar à putes. A nouveau j'ai hurlé de rire en essayant de l'imaginer. Je l'ai même remercié tout haut d'avoir poursuivi son rêve de pâmoison, et d'être resté le rital d'opérette qui faisait marrer le quartier.

Dario, je regrette tout ce que j'ai pu dire, t'es allé jusqu'au bout, et moi seul le sais. Tu aurais dû me dire tout ça la dernière fois que je t'ai vu vivant. T'as eu peur d'avoir l'air d'un con. Et tu te trompais...

Une main s'est posée sur mon épaule et ça m'a fait redescendre d'un coup. Un type plus âgé que les autres s'est penché à mon oreille et m'a demandé de le suivre. C'est quand j'ai voulu descendre du tabouret que j'ai réalisé dans quel état j'étais. Deux gars m'ont soutenu par les coudes et je me suis laisser entraîner derrière un rideau. J'ai bien cru que c'était pour m'aider. Ils m'ont assis sur des caisses de bouteilles. Des coulisses, la voix du chanteur résonnait encore plus fort.

— Qu'est-ce que tou loui veux, à Dario... ?

J'ai écarquillé les yeux pour tenter de voir son visage. Les deux autres m'ont lâché.

— ... Rien... Il est... Il est mort...

Le trop plein d'alcool a commencé à bouillonner dans mon estomac.

— Je cherche une... Une madame Raffa... Raffaëlle...

Mes yeux se fermaient tout seuls, mais je me suis efforcé de ne rien rater.

— Pourquoi ?

— Qu'est-ce que ça peut te foutre...

La baffe est partie aussi sec et je n'ai pas su lequel des trois me l'avait mise. Le plus vieux a fouillé dans ma veste, a sorti mon portefeuille et s'est tiré avec. J'ai vomi des gerbes de fiel sur le tissu rouge. On m'a traîné vers un robinet et fourré la tête sous le jet d'eau froide pendant un temps fou. A la longue, ça a refroidi la lave en fusion que j'avais dans le crâne. Ne restait plus qu'un seul de ces types à mes côtés.

— T'es pas un flic. T'es pas de l'autre bord non plus. Qu'est-ce que tu veux ?

— J'étais un copain de Dario.

— Ce gars-là... Un copain... ? Mon cul, oui... C'est moi qui l'ai repéré au dancing Montparnasse, il faisait le taxi-boy, ici on avait besoin d'un gars pour pousser la chansonnette, le patron adore ça, surtout la guimauve ritale. Il s'est pas fait prier, le Dario.

Il a parlé si vite que la moitié m'a échappé.

— Taxi-boy ?

— T'es sûr que t'étais son copain ? Un danseur mondain, si tu préfères. Il aurait peut-être dû y rester, d'ailleurs. Il gagnait plus là-bas en un seul week-end.

— Danseur... ?

Il a ricané.

— Tu viens d'où toi... ? Ah ça, il avait une belle clientèle, faut dire... Ça se pressait au portillon pour valser avec le Dario, et pas que des rombières. Et on se pressait encore mieux à l'heure de fermeture.

— Comprends pas...

Il a ricané.

— Je vois... Chanter et danser, c'était les relations publiques, la publicité, la façade. Avec les dames, le Dario, il aurait pu s'offrir aux enchères. Tu sais ce que ça gagne, toi, un mec comme ça ?

— Dario... Un gigolo ?

— Il aurait pas aimé qu'on dise ça. Quand on a appris sa mort, ça nous a fait un coup, c'est vrai. On aime pas ça. Il avait pas de copains. Ce gars-là n'en voulait pas, tout ce qu'il voulait, c'est du fric, du fric. Comme tout le monde, d'accord, mais chez lui ça laissait pas de place aux bavardages.

— Pourquoi avait-il besoin d'autant d'argent ?

— Sais pas. Beaucoup et vite. Avec la gueule qu'il avait, et la voix, il aurait eu tort de se gêner, tiens. J'aurais bien aimé être foutu comme lui.

— Et madame Raffaëlle, c'est qui ?

Trop tard. Le vieux revient et son sbire la boucle instantanément. Au loin j'ai entendu le crooner entamer *Come Prima*.

— Ça plait à votre public, ce genre de chansons ? Même mon grand-père trouvait ça démodé.

Avec des gestes posés il a remis mon portefeuille en place, a défroissé ma veste avec quelques balayages des mains, puis il a resserré mon nœud de cravate.

— Ça mé plé à moi, et ça souffi. Capisch ?

Il m'a pris sous son bras pour me raccompagner vers la sortie. Les gens s'écartaient sur notre passage, et j'ai eu l'impression d'être un type important.

— Tou sé chanter, Antonio Polsinelli ?

— Non. En tout cas, pas comme Dario.

— Personne pouvé chanté comé loui. Ma toi, si tou as bésoin dé travail, tu po vénir mé voir. T'as la gueule d'oun gosse dou pays. Ciao, ragazzo...

Je me suis retrouvé dehors, un peu sans le vouloir. Avec un mal de tête qui commençait à poindre. Avant de retrouver ma voiture je suis resté un bon moment immobile, adossé à la porte du club, en essayant de maintenir les yeux ouverts afin de ne pas chavirer totalement. Je me serais même allongé une petite heure dans le caniveau en attendant que ça passe.

C'est là que j'ai vu la voiture garée sous mon nez. Une Jaguar gris métallisée, énorme, silencieuse, avec une silhouette au volant et une autre à l'arrière. Je n'ai pas eu le temps de réagir, le conducteur est sorti et a ouvert la portière arrière, côté trottoir, sans un mot. Le passager s'est penché au-dehors. Dans la pénombre je n'ai pas pu voir son visage.

— Monsieur Antonio. J'ai besoin de vous parler.

A la manière dont elle a dit ça, pas une seconde je n'ai pensé à un traquenard. Même si le patron du Up y était pour beaucoup dans ce rendez-vous. Au contraire, je me suis senti plutôt attiré vers cette voiture et sa mystérieuse occupante. Hier elle portait un voile noir, et ce soir, c'est la nuit toute entière qui la protège des regards.

*

Déjà rien qu'à la voix j'aurais dû me douter de quelque chose. Une superbe voix de gravier, une tonalité travaillée par le tabac et les boissons corrosives, une onde sablonneuse qui crisse dans l'oreille. Cette voix-là sortait d'une gorge érodée par le temps et de lèvres striées aux commissures. Une dame, quoi.

Madame.

Un âge ? Cinquante ? Cinquante-cinq ? Soixante peut-être. Mais paraissant avoir gardé ce visage-là, intact, depuis des lustres. Le chauffeur a filé droit vers un immeuble chic de l'Avenue Victor-Hugo et a patienté en bas. Sans échanger la moindre parole, le moindre regard, je l'ai suivie jusqu'au premier étage et nous sommes entrés dans un appartement plus petit que je ne l'imaginais.

— Installez-vous...

Peut-être que je ferais bien de l'appeler madame, moi aussi. A-t-elle été une très belle femme avant aujourd'hui ? Ou l'est-elle devenue maintenant, après tant d'années ?

— Je ne cherche pas à vous retenir, vous savez. Il était tellement sauvage que je ne me serais jamais douté qu'il avait un ami, un vrai ami.

Au mot « ami » j'ai failli faire un petit rectificatif, mal à propos et sans aucun intérêt.

— Il m'a souvent parlé de vous.

— Pardon ?

— Vous semblez surpris... Antonio, ça voulait dire quelque chose, pour lui. Antonio il réussissait à l'école, Antonio il me faisait mes devoirs, Antonio il m'a empêché de faire plein de conneries... Si vous vous étiez fréquentés à l'âge adulte il n'aurait peut-être pas...

— Il aurait, de toute façon.

Sans bouger du fauteuil j'ai vite fait le tour de l'appartement. Le petit salon où ils ne devaient pas s'asseoir longtemps, tous les deux, une table basse où l'on jette les clés, pas le moindre appareillage de cuisine, un réfrigérateur dans un recoin servant uniquement aux glaçons et à l'eau gazeuze, et son pendant direct, un peu plus loin, le bar, rempli de bouteilles ocres et ambrées. Et la chambre, juste en face de moi, avec le grand lit dans ma ligne de mire. Une salle de bains attenante. Rien qui ne rappelle le quotidien mais uniquement l'extra, le momentané, la parenthèse.

— On ne venait là que pour coucher, si vous voulez savoir. Parfois le matin, souvent l'après-midi, en fait, dès que je pouvais.

— Ça ne me regarde pas.

— On rentrait, le plus souvent il me déshabillait dans l'entrée et on faisait l'amour, il ne me laissait pas tranquille une seconde. Après, il venait me regarder, sous la douche.

— Ça ne me regarde pas, j'ai insisté, gêné, en fuyant son regard.

Mais j'ai vite compris qu'elle ne cherchait ni à se confier ni à me choquer. Elle voulait juste parler de leur fièvre perdue et de son corps qui savait encore embraser celui d'un beau brun de trente ans. Elle m'a proposé un verre, une cigarette, la voyant s'évertuer à m'être agréable j'ai accepté la seconde.

— Je vous ai reconnu tout de suite, hier, au cimetière. Vous lui ressemblez, Antonio...

— Physiquement ?

— Oui, bien sûr, vous avez les mêmes cheveux, le

même port de tête, et vous mettez aussi les mains dans vos poches pour monter les escaliers. Une question d'allure générale. Mais ça s'arrête là, Dario ne pouvait pas maintenir un silence de plus de dix secondes, il était brouillon et sans manières, il ne pouvait pas vivre un moment sans être obsédé par celui à venir. Il savait briser les instants de quiétude en deux mots, parce qu'il fallait que ça bouge, parce qu'il ne devait plus attendre que ça vienne sans rien faire, parce qu'un jour le monde apprendrait à le connaître. Quand il s'emportait, son italien revenait par flots dans nos conversations et je perdais le fil... Il disait souvent qu'un jour se produira un miracle qui...

— Il vous a coûté combien ?

L'envie de poser la question me démangeait depuis le premier regard. On ne pose pas une question aussi méchante, mais elle a fini par m'échapper. Si Mme Raffaëlle a les rides de son âge, elle en a aussi les privilèges. Elle a ri.

— En argent ? Je n'ai jamais compté. La première fois que je l'ai vu, c'était au Dancing, et j'y suis retournée le lendemain, et tous les jours, jusqu'à ce que nous devenions plus...

— Plus intimes.

— Si vous voulez. A cette époque-là je payais, comme toutes les autres, et le prix fort. Dario, en bon professionnel qu'il était, a compris tout de suite que j'avais beaucoup d'argent. Quand le patron du Up lui a proposé de chanter, j'ai insisté pour qu'il accepte, et j'ai même voulu lui payer son manque à gagner. J'aurais tout fait pourvu qu'il se sorte des pattes de toutes ces...

Comment une femme comme elle a pu se fourvoyer dans une histoire pareille... L'oisiveté. L'ennui. Le stupre. Le jeu avec le feu. Le refus de vieillir. Quoi d'autre ? Comment Dario a-t-il pu se vendre avec autant de facilité. La romance du crooner, je trouvais ça encore drôle, mais le gigolo veinal, c'est trop pour moi.

— Je sais bien ce que vous pensez... Mais cet argent n'était pas un salaire. Pour moi, Dario n'était pas un gigolo. Vous croyez qu'il m'aurait écrit une lettre pareille s'il n'y avait eu qu'une question de commerce ?

Elle l'a sortie de son sac pour que je la lise, et j'ai fait semblant de la parcourir. Ça m'a fait un drôle d'effet de reconnaître ici et là des bribes de phrases que j'avais essayé de tourner au mieux, dans une épave de bateau amarrée dans un terrain vague. Désormais je ne sais plus si c'est Dario ou moi qui l'a écrite, mais Mme Raffaëlle a raison sur ce point, on n'écrit pas une telle lettre à une cliente qu'on besogne en ravalant son dégoût.

Une fois encore j'ai posé mon regard sur son étonnante beauté, les rides au coin des yeux qu'elle ne cherche pas à gommer, les cheveux gris qu'elle refuse de teindre, et la même question m'est revenue : a-t-elle toujours été belle ou bien l'est-elle devenue, à la longue. Mais, décidément, on ne pose pas ce genre de question.

— Mon mari est plus riche et plus puissant qu'on ne peut l'imaginer, dans cette pièce il y a au moins quatre objets qui sortent de ses usines, et tous les autres de son portefeuille. On ne se parle plus depuis dix ans mais à mon âge on ne tient plus à risquer son silence ailleurs.

— Il n'a jamais rien su de ce qui vous liait à Dario ?

— Non, impossible, il ne m'aurait pas laissé le voir par peur de me perdre.

Elle s'est levée pour reprendre un verre d'alcool.

— Dario avait besoin d'argent. Je dois reconnaître qu'au début il avait la ferme intention de me soutirer une belle somme en peu de temps. 140 000 francs, exactement.

Combien de fois faut-il multiplier cinq à sept pour réunir ça ?

— A nos premiers rendez-vous j'ai joué le jeu, deux, trois fois, et puis...

Et puis, pas besoin d'en rajouter. Cupidon a décoché ses dernières flèches et une douce rengaine s'est élevée.

Mon pauvre Dario... Quand je repense avec quelle ferveur, durant nos jeunes années, tu cherchais la femme. On voulait tous te voir avec celle qui aurait porté le fils dont l'Italien est si fier. Elle t'aurait amadoué, tu l'aurais amusée, vous auriez construit. On aurait fêté. Et tu as gardé tes dernières pensées pour cette dame, digne, française, si racée, si loin du quartier et de notre enfance. Je suis choqué, l'ami. Choqué de cette histoire d'amour qui vous est tombée dessus, à vos âges. Votre fin de parcours à tous les deux. Le gigolo et la douairière.

— Antonio, si j'ai voulu vous retrouver ce n'est

pas pour parler de lui des heures durant, mais pour une raison bien plus précise. Vous saviez pourquoi il avait besoin de cet argent ?

Elle s'est penchée pour saisir une sorte de dossier posé sous la table basse, juste à ses pieds. En l'ouvrant, elle a disposé des pages dactylographiées, agrafées par blocs de quatre ou cinq, toutes ornées de cachets et de tampons qu'il m'était impossible d'identifier.

— Ce que vous avez sous les yeux, c'est tout le rêve de Dario...

Ennoncé comme ça, j'ai tout fait pour me concentrer.

Des contrats, des papiers officiels, mais j'ai marqué un petit temps de surprise en les voyant tous libellés en italien. Un vrai italien de là-bas, avec des termes techniques, des mots pompeux et sentencieux, et j'ai préféré attendre les explications.

— Vous comprenez sûrement, non ?

— Non.

— Ce sont des actes de propriété. Quatre hectares de terrain dans sa ville natale. Vous êtes né à Sora, aussi... ?

Elle a dit ça avec un gentil sourire, comme si le mot Sora allait déclencher chez moi une tendre mélancolie sur fond de mandoline. J'ai plutôt ressenti une curieuse inquiétude à propos de ce retour à la terre. La mère Trengoni l'avait évoqué aussi, et là encore, malgré les documents, je ne parviens pas à imaginer son crooner de fils rentrer au pays et chausser des bottes en caoutchouc pour crapahuter dans une merde boueuse en espérant un jour y voir surgir quoique ce soit. Un danseur mondain avec la main gauche sur le cœur et la droite sur une serpe. Je commence à penser que j'étais réellement le seul à connaître Dario. S'il a pu embobiner ses femmes sur des velléités paysannes, moi, il n'aurait jamais pu. Il les a bernées toutes les deux, ça ne fait aucun doute.

— Il voulait faire construire quelque chose ? Qu'est-ce qu'il y a, sur ces terres ?

— De la vigne. Un bout de terrain situé entre Sora et Santo Angelo. Je prononce bien... ?

— Non, il faut faire la liaison, Sant'Angelo, mais ce n'est absolument pas grave, parce que ce saint, tout le monde s'en fout, les gens du cru ne l'utilisent que pour blasphémer.

— Pardon ?

— C'est la vérité, quand on n'ose pas invoquer le Christ ou la Madonne, c'est Sant'Angelo qui trinque, c'est moins grave. C'est le bouc émissaire du calendrier, celui qui ponctue toutes les injures de la région. Alors, liaison ou pas, on s'en fout.

— Calmez-vous...

Sa main s'est posée sur mon genou. Ses yeux m'ont fixé, sans comprendre.

— Vous êtes tellement différent de lui... Il était si proche de tout ça... Il m'en parlait avec tant de... Sa terre, son peuple, son nom... Et je trouve ça normal, non ? Vous, on a l'impression que ça vous écorche. D'habitude, les gens venus d'ailleurs sont si...

— Les immigrés, vous voulez dire ? Eh bien, quoi, les immigrés ? Ils sont comment ?

— Ils sont... fiers et vulnérables...

Un petit rire est venu me gratter la gorge mais je l'ai réprimé très vite.

— Et Dario est brusquement devenu fier et puissant en étant propriétaire de quatre hectares de vigne ?

— Il ne les a pas obtenus en claquant des doigts. Le terrain se partageait entre trois propriétaires. Deux hectares lui venaient de sa mère.

— La mère Trengoni ?

— Ça vous surprend ?

Non. Dario parlait du terrain de son père, comme si enfin quelque chose de vrai leur appartenait, ici-bas. Tous les ritals ont un vague bout de terrain qu'ils n'ont pas su vendre ni rendre rentable au point de s'y accrocher et nourrir les bambini. Depuis toujours mon père nous rebat les oreilles avec sa forêt, comme si c'était Brocéliande. En fait, d'après les souvenirs, il s'agit d'une espèce de dos d'âne avec quelques noisetiers épars où les bergers vont parfois chercher un peu d'ombre. Le père n'a jamais cherché à le vendre, il sait bien que la somme couvrirait à peine les frais de déplacement, de notaire, et de pizza. Et à ce prix-là, il préfère garder dans un coin de rétine, le souvenir flou d'un patrimoine frais et boisé. Pas fou, le père. Celui de Dario avait fait le même calcul.

— Les deux autres hectares se partageaient entre un type installé aux Etats-Unis, dans le New Jersey, et un autre qui vit toujours en Italie, à Sant'Angelo. Je l'ai bien dit, cette fois ?

— Dans le New Jersey ?

— J'ai payé le voyage de Dario, l'ancien propriétaire avait même oublié ses quelques arpents et les lui a concédés avec grande facilité, et pour presque rien. Le plus dur, ce fut l'Italien, il voulait garder son bout de terrain pour en faire un dépôt de bois. Dario a discuté avec lui, sur place, et a réussi à le convaincre. En réunissant les trois actes de cession, il est devenu propriétaire de toute la vigne. Voilà.

— Je vais sûrement poser une question bête, mais, cette vigne, au juste, il voulait en faire quoi ?

— Du vin.

— Du quoi ?

— Du vin.

C'était la réponse la plus improbable.

— Il voulait quitter la France et faire son vin, là-bas, et en vivre. Un projet plus fort que tout. Plus fort que moi. Et quand on aime, surtout à mon âge, les rêves de l'autre paraissent toujours plus authentiques que les siens.

— C'est impossible. Dario n'aurait jamais travaillé la terre. Il n'y connaissait rien en viticulture. Essayez un peu de l'imaginer... ?

— Il aurait appris, avec le temps. Avant que Dario ne soit propriétaire, c'était un paysan du coin qui s'occupait des vignes, sans jamais en tirer un grand bénéfice. J'ai donné à Dario de quoi l'embaucher comme vigneron pour les trois prochaines récoltes, et l'homme a accepté tout de suite. Personne n'en veut, de cette vigne. A croire qu'elle n'attendait plus que Dario pour venir la sauver...

En se laissant doucement tomber sur le canapé, elle a un instant fermé les yeux. Ma curiosité fouineuse m'a laissé les imaginer là, tous les deux. Lui, les bras au ciel, tournoyant dans la pièce en parlant de lui, de lui, de lui, de là-bas, de ses rêves, et elle, écoutant, amoureuse, et goûtant à l'infernale candeur de son amant. Je n'ai pas vraiment d'intuition pour ces choses-là, mais cette fois j'ai la certitude qu'il s'agissait d'amour. Même si tout ça a des relents d'arnaque, de contours mercantiles et de vil intérêt, rien ne se serait fait sans un peu d'amour brut. Il faut être aussi bégueule que moi pour en douter et jouer les choqués.

— Antonio... Je ne vous ai pas dit le principal. Je ne sais pas pourquoi on m'a enlevé Dario. Mais je sais que, depuis toujours, il gardait au fond de lui-même une incroyable peur. Une peur que tout cela tourne mal. Il ne m'en a jamais parlé mais il a fini par me l'écrire. S'il lui arrivait quelque chose, il voulait que ses terrains reviennent aux seuls êtres qui avaient su lui tendre la main.

J'ai baissé les yeux en sentant le tour de démarreur dans mon moteur cardiaque. Avec une envie de me tirer d'ici en trombe.

— Moi, qu'est-ce que j'en ferais, de ce terrain ? Ma vie est ici... Votre pays semble si magnifique... Il vous appartient. C'est votre terre et je ne saurais qu'en faire.

Je me suis levé.

— Dario le savait. Il disait que sa mère ne reviendrait jamais au pays et qu'après moi, il n'avait plus que...

— Taisez-vous.

— Il vous aimait, Antonio... Que vous le vouliez

ou non… Devant le notaire il a tenu à rajouter un nom sur les actes de cession.

— Arrêtez de dire des conneries.

— Si vous les refusez, elles reviendront à la commune de Sora. Mais acceptez-les, c'était son dernier souhait…

— Maintenant ça suffit !

La table basse a frémi quand mon pied a buté dedans, par mégarde. Elle a fouillé dans les papiers pour me prouver que tout était déjà écrit, en règle, tamponné, et conforme. Mon nom, écrit en toutes lettres.

Le cauchemar.

— C'est pour ça que je vous cherchais, Antonio. Pour vous transmettre ces papiers. Et ses dernières volontés.

Sans même le vouloir j'ai repoussé cette femme qui me bloquait le passage. En lisant mon nom frappé à la machine j'ai failli crier d'étouffement. Un sentiment d'emprise sur moi. Une étreinte carcérale. Un harcèlement.

— C'était son dernier rêve, Antonio…

Je me suis rué vers la sortie. Elle m'a forcé à prendre le bloc de papiers.

Et j'ai fui, sans rien dire, sans chercher à comprendre. Ni à renier.

Et le plus loin possible.

*

Tous les efforts fournis pour mettre des kilomètres et des années entre ma jeunesse banlieusarde et moi se sont évaporés en quelques jours. Je pensais bien m'en être tiré, comme un ex-taulard qui a décidé d'oublier, ou un drogué qui revient de loin. Et bien non, la force d'attraction de la rue Anselme-Rondenay est bien plus tenace encore, on ne peut pas en sortir comme on veut, c'est peut-être ça que voulait dire Dario par *la rue est longue.* Il me faudrait changer de nom, me teindre en blond et quitter la France, et tout recommencer, ailleurs, émigrer, et replonger dans le cercle vicieux. Pour que la communauté italienne m'oublie, il va falloir payer le prix fort. Moi qui ai toujours refusé de mettre les pieds sur la terre de mes ancêtres, voilà qu'une parcelle de celle-ci m'appartient de droit. Comment ne pas y voir la preuve de l'existence d'un dieu cynique. Sans parler du fantôme de Dario qui me colle aux pompes mieux encore qu'à l'époque où nous rabotions le macadam.

Deux heures du matin. Dans les salons d'en face, la fête n'en finit plus. J'ouvre grand la fenêtre pour tenter de m'aérer. Si je parviens à m'endormir, je sens que je vais rêver de lui.

Dario... T'es qu'un beau salaud. Tu avais apposé mon nom auprès du tien sur les papiers du notaire bien avant le jour où tu m'as fait écrire cette lettre. Tu as préféré m'insulter plutôt que m'avouer une chose pareille. M'avouer que tu pensais toujours à moi comme à un ami. Mais tu savais que ce n'était plus réciproque depuis longtemps. A la réflexion, je me demande si c'était bien à Mme Raffaëlle que tu l'adressais, cette lettre. Tu as peut-être été encore plus machiavélique que ça. En fait, c'était peut-être à moi que tu l'écrivais, en me la faisant traduire. Salaud. Tu aurais dû me parler de ce vin. Du vin... ? Comment imaginer un feignant comme toi en viticulteur ? T'en a jamais bu. J'ai toujours entendu dire que le vin de Sant'Angelo était une redoutable piquette, mon père n'en aurait même pas voulu. Comment imaginer que tu aies pu vendre d'abord ton corps et ensuite ton âme pour une vinasse qui a donné des aigreurs à toute la région ? Le désir d'en faire, enfin, quelque chose de buvable, et réussir là où tout le monde a échoué ? Ou bien t'as senti vibrer en toi l'appel de la terre natale, tu t'es dit que c'était l'Eden perdu, et qu'il était toujours temps de rattraper toutes ces années ?

Conjectures débiles. Dario, roi du système D, le système Dario, ne se serait pas fourvoyé dans un aussi mauvais coup. Il y a quelque chose de pourri autour de ce terrain, et pas seulement son raisin. De pourri ou de doré. Mon père me manque déjà. Lui seul aurait pu me parler de ce lopin de terre où il emmenait ses dindons. Il aurait pu me raconter l'histoire de cette terre, de ce pinard, réunir des anecdotes parmi lesquelles j'aurais pu puiser une idée, un indice. Dans tous les villages il y a des querelles ancestrales entre clans bardés de fusils qui se disputent une concession pour l'éternité, mais quel rapport pourrait-il y avoir avec un Franco-Italien mal embouché qui a autant l'air d'un propriétaire terrien que Franck Sinatra d'un bedeau en retard pour l'angélus.

Je me suis assis à mon bureau pour lire et étudier

les documents, et j'ai même sorti le dictionnaire Garzanti, au cas où.

D'abord les noms des ex-propriétaires.

Giuseppe Parini, Trenton, New Jersey, U.S.A. Un hectare Nord-Nord-Est, cédé pour neuf millions cinq cent mille lires.

Disons cinquante mille francs, autrement dit, un cadeau.

Mario Mangini Sant'Angelo, Lazio, Italie. Un hectare. Sud. Dix-huit millions de lires.

L'Italien a demandé presque le double. Logique. Mais pas exorbitant. Avec les deux hectares de la vieille Trengoni concédés gracieusement, ça nous fait une vigne honorable de quatre hectares obtenue pour une bouchée de pain. On fait mention d'une cave, d'une grange et d'une remise à outils. Le tout généreusement offert par une dame amoureuse qui n'a pas hésité à puiser en douce dans l'escarcelle maritale.

Brusquement, toute cette mascarade m'a énervé, comme si je sentais Dario me manipuler d'outre-tombe, et d'un geste du bras j'ai tout envoyé balader à terre. Ma maquette a failli tomber avec. J'ai allumé toutes les lumières de mon studio. La chaleur de ce début juillet m'a chauffé les joues.

Tout à coup j'ai perçu un bruit sourd et en même temps j'ai senti la brûlure dans mon cou, et je n'ai pas compris tout de suite.

Je me suis baissé, la tête sous la table, à genoux, surpris. J'ai porté une main à ma nuque, et mes doigts ont glissé, visqueux, jusqu'à mon épaule. Je me suis mis à plat ventre sans savoir pourquoi, comme un mort servile qui ploie déjà, quand en fait je me suis senti à peine secoué. Intrigué, hors d'atteinte, là, sous ma chaise, j'ai cherché à comprendre, la main crispée autour de mon cou. Deux, trois images m'ont traversé l'esprit en une fraction de seconde, des frelons d'été qui sifflent juste avant de piquer, un coup de rasoir chaud et invisible, une plaie mal cicatrisée qui suinte sans qu'on le sache. Prostré, incrédule, j'ai d'abord cherché le silence parfait, j'ai tourné la tête vers la fenêtre béante et n'y ai trouvé que des étoiles éparses et, bien en dessous, un halo de lumière orangée parvenant de l'immeuble en vis-à-vis. Un bruit diffus, de vagues tintements, des voix qui s'entrecroisent et peut-être, en fond, un peu de musique volatile. En rampant jusque dans la salle de bains j'ai vu le sillon de gouttelettes que mon cou laissait à terre et enfin, comme un retour au réel, j'ai pris peur. La peur de me vider par litres, d'être submergé en un clin d'œil par un flot de sang, on imagine vite un torrent, et puis, plus grand-chose. J'ai lutté pour ne pas m'évanouir avant d'avoir bouché le trou, avec une serviette d'abord, et ensuite, après avoir renversé toutes les étagères, une longue bande de coton qui s'est résorbée trop vite au contact de mon précieux sang. J'ai attendu longtemps avant de me regarder dans le miroir, avec l'intime conviction que la source ne se tarirait plus jamais. Qu'est-ce qu'on peut bien avoir comme veine dans la nuque pour pisser autant, j'ai pensé. Et ça s'est calmé. Sans oser ôter le coton j'ai senti que le jet avait bien diminué, que j'avais encore assez de jus en moi pour rester conscient. La bouteille d'alcool à 90° en main, j'ai hésité longtemps avant de la vider par à-coups désordonnés en direction de l'écorchure. Les cris de martyr que j'ai poussés à ce moment-là n'ont rien rattrapé à toute la stupidité de ce geste.

Sur la terrasse d'en face, une fin de cocktail, un couple de noceurs regardent les étoiles et rient encore un peu. Un serveur éteint les lumières et débarrasse les derniers verres. Quatre étages plus bas, une cohorte de joyeux drilles poussent quelques éclats de voix avant de s'éparpiller autour des voitures. Le tout ressemble à la fête de fin d'année d'une boîte d'informatique, avec speech optimiste du P.D.G. et plaisanteries autorisées des subordonnés un peu saouls. En maintenant la serviette roulée en écharpe autour du cou, j'ai cherché aux alentours de la chaise où j'étais assis dix minutes plus tôt. La balle qui m'a râpé la nuque s'est fichée dans le tissu du mur. J'ai trouvé un second impact dans un montant en bois de la bibliothèque. Pour l'instant je n'en vois pas d'autre et ça correspond aux bruits que j'ai entendus. Pas de détonation. Une pleine ligne de mire de la terrasse. Sans avoir la moindre notion de balistique je peux imaginer que les balles ont été tirées de là-bas, chez les fêtards.

J'ai dévalé les escaliers avec la sale impression que l'hémorragie allait reprendre. Adossé à la voiture de ma frangine j'ai vu deux oiseaux de nuit s'embrasser avec fièvre. La fille a eu peur quand elle a vu mon visage bouffi de sueur, enveloppé dans la serviette sanguinolente, et je n'ai pas eu besoin de les prier de se pousser. En brûlant quelques feux j'ai rejoint le quinzième arrondissement et me suis engagé dans la rue de la Convention en conduisant comme un damné. J'ai évité de déglutir, tousser, ou simplement bouger la tête, persuadé que la plaie n'attendait qu'une secousse pour se rouvrir. Là-bas, j'ai réveillé une copine infirmière qui ne m'a pas posé trop de questions sur l'origine de la plaie. Vu mon état, elle m'a d'abord fait avaler un cachet sans me dire qu'il s'agissait d'un Tranxène. Elle a refait un pansement en me jurant que les points de suture étaient inutiles. Sur le chemin du retour j'ai conduit harnaché dans ma ceinture, sans dépasser le 45. Comme si j'avais enfin réalisé que j'étais encore vivant. Je me suis garé devant l'entrée de l'immeuble en face de chez moi, j'ai monté les escaliers jusqu'aux Salons Laroche sans attendre l'ascenseur. Les trois derniers serveurs ont tenté de m'empêcher d'accéder au balcon.

— Qu'est-ce que ça peut vous foutre, votre soirée à la con est finie, non? Et vous laissez entrer n'importe qui, ici, non? Il suffit de passer en bas et voir de la lumière, et on entre comme on veut. N'importe qui peut le faire, je suis prêt à parier. Je vous le dis, un jour ou l'autre, vous laisserez entrer un tueur!

Médusés, ils n'ont pas cherché à s'interposer longtemps. Du haut de la terrasse, j'ai pu voir mon bureau encore éclairé et une bonne partie de la chambre. J'ai même cru pouvoir sauter pour la rejoindre. Deux minutes plus tard je me suis écroulé dans mon lit après avoir tiré les stores.

Pas la peine d'aller chercher trop loin, cette vigne est maudite. Dario ne lui a pas résisté longtemps, et moi, j'ai failli en crever deux heures après qu'on me l'ait léguée. Quiconque entre en possession de ces arpents est voué à une mort inéluctable. D'un certain point de vue, ça ne fait que renforcer mes doutes sur la soi-disante vocation agricole de Dario. L'enjeu est beaucoup plus fort que veut bien le penser madame Raffaëlle, et Dario avait flairé quelque chose de juteux autour de ce lopin, sinon il n'aurait pas fait la pute pour l'acquérir avec autant d'urgence. L'urgence, pour moi, c'est de m'en défaire le plus vite possible. Ce salaud de Dario ne m'a pas laissé le mode d'emploi. Il savait déjà qu'il y avait un piège. Merci du cadeau. Je ne crèverai pas à cause de ça. Quelqu'un me cherche. C'est sans doute celui qui a tué Dario. Il peut être n'importe où, dehors, au coin de la rue. Il peut m'attendre en bas de chez moi. Il est peut-être encore là. Et le pire c'est que, pour l'instant, le temps de débrouiller ce sac de nœuds, je vais devoir quitter Paris.

*

Porte de Choisy. En passant la ceinture du périphérique, j'ai senti que je m'enfonçais dans un bloc de tristesse et d'ennui. J'aurais aimé fermer les yeux pour éviter de voir se dérouler ces six kilomètres de ruban en perpétuelle ondulation qui me séparaient de la rue Anselme Rondenay.

Tu fais de la peine, banlieue. Tu n'as rien pour toi. Tes yeux regardent Paris et ton cul la campagne. Tu ne seras jamais qu'un compromis. T'es comme le chiendent. Mais ce que je te reproche le plus, c'est que tu pues le travail. Tu ne connais que le matin et tu déclares le couvre-feu à la sortie des usines. On se repère à tes cheminées. Je n'ai jamais entendu personne te regretter. Tu n'as pas eu le temps de t'imaginer un bien-être. Tu n'es pas vieille mais tu n'as pas de patience, il t'en faut toujours plus, et plus gros, t'as toute la place qu'il faut pour les maxi et les super. La seule chose qui bouge, chez toi, c'est la folie des architectes. Ce sont eux qui me font vivre, avec toutes ces maquettes qu'ils te destinent. Ta mosaïque infernale. Ils se régalent, chez toi, c'est la bacchanale, l'orgie, le ténia. Ils se goinfrent d'espace, une cité futuriste ici, tout près de la Z.U.P., à côté d'un gymnase bariolé, entre un petit quartier plutôt quelconque des années cinquante qui attend l'expropriation, et un centre commercial qui a changé de nom vingt fois. Si d'aventure un embranchement sauvage d'autoroute n'est pas venu surplomber le tout. T'as raison de te foutre de l'harmonie parce que tu n'en as jamais eu et que tu n'en auras jamais. Alors laisse-les faire, tous ces avants-gardistes, tous ces illuminés du parpaing, ils te donnent l'impression de renaître, quand, en fait, tu ne mourras jamais. T'iras chercher plus loin, tu boufferas un peu plus autour, mais tu ne crèveras pas. C'est ça, ta seule réalité. Il est impossible de te défigurer, tu n'as jamais eu de visage.

J'ai surpris ma mère en train de chantonner pendant qu'elle préparait la Carbonara. Nous avons déjeuné en tête à tête, sans télé ni sauce tomate, sans vin, et presque sans paroles. Ma mère aurait pu faire une grande carrière de célibataire. Ça m'a fait plaisir de la voir comme ça, loin de tout, goûtant au plaisir de la solitude, sans se douter une seconde de ce que je vivais.

— Pourquoi t'as le pansement dans le cou... ?

— Une espèce de torticolis. Comment tu dis torticolis, en italien ?

— Torticollo. Ton père nous envoie des cartes postales.

Une vue aérienne de Perros-Guirrec. Une autre montrant la cure thermale. Les mêmes que l'année dernière. Il ne dit rien, ou presque. Il a l'air content.

J'ai embrayé vite fait en lui posant des questions sur la façon d'occuper tout le temps dont elle dispose depuis le départ de son conjoint. Elle va visiter la mère Trengoni, elle reste de longues minutes sans parler, puis elle essaie de lui faire prendre l'air mais n'y réussit pas toujours. Les flics ne se sont plus manifestés, les commères du quartier ont déjà cessé de dégoiser sur la mort de Dario, tout semble reprendre son cours normal.

— Rajoute du parmesan, Antonio. Ça va bien avec la Carbonara.

Elle ferait tout pour éviter de se coltiner une sauce tomate. Dès que son mari est parti elle en profite pour changer l'ordinaire, comme aujourd'hui.

Crème fraîche, œuf, parmesan, lardons, le tout mélangé aux spaghettis. Rapide et succulent.

— Tu sais pourquoi ça s'appelle la Carbonara ? je demande.

— Parce qu'il faut toujours rajouter du poivre en dernière minute, et le noir sur le blanc, ça donne ce côté « à la charbonnière ». Même les lardons frits, ça ressemble à du charbon.

Elle sourit. Je crois qu'elle a tort mais je ne veux pas la détromper. C'est à cause des Carbonari qui formaient leur société secrète dans les bois. En bons conspirateurs, ils ont inventé cette recette expresse afin de ne pas s'éterniser pendant leurs réunions. Mais elle n'a pas la moindre idée de ce qu'est un secret ou une conspiration.

En jetant un œil sur la pendule, elle a dit que le téléphone allait sonner et ça n'a pas loupé, elle a décroché sans la moindre précipitation. A l'autre bout, le vieux ne devait pas se douter que je tenais l'écouteur. Il semble avoir retrouvé une sérénité perdue. En fait, après quarante ans de mariage, il éprouve autant de bonheur que ma mère à vivre un peu en solo avec des copains. Je lui ai demandé, au passage, s'il connaissait le vin de Sant'Angelo.

— Pourquoi, t'en a bu, fils ? Dès que je suis loin faut que tu fasses des conneries...

Il a éclaté de rire et je ne l'ai pas accompagné, je me suis forcé à badiner un peu, et j'ai raccroché.

Pendant quatre ou cinq jours j'ai arpenté le quartier à la recherche de petites choses, des impressions, des renseignements, des souvenirs. J'ai fait le tour de tous les anciens copains, des fils de Sora et

Sant'Angelo, j'ai discuté le coup avec les parents, parfois même les rares grands-parents. Certains m'ont parlé de la vigne, et de la légende de Sant'Angelo qu'on se raconte au fil des générations. Sora est un bled qui se distingue par trois points : primo, des souliers folkloriques fabriqués à base de pneus de camion et lacés comme des Spartiates. Secundo, une apparition fin dix-huitième d'un saint, devenu le protecteur de la vigne. Tertio, la plus forte immigration, dès 45, de tous les hommes valides revenus de la guerre. Mon père faisait partie de ceux-là, comme presque tous les autres installés à Vitry. La famille Cuzzo m'a renseigné sur leur cousin américain, Giuseppe Parini, qui détenait un hectare de la vigne. Rien à dire, hormis qu'il a totalement oublié l'Europe et qu'il se contrefout totalement de ce qui s'y passe. Il est propriétaire de deux ou trois usines et d'une chaîne de fast-food, et il a déjà fort à faire avec les Italiens de là-bas. Et ça veut tout dire. J'ai préféré ne pas insister. La mère Trengoni m'a laissé entrer dans la chambre de Dario, où je n'ai rien trouvé, hormis une photo un peu floue de Madame Raffaëlle, bien cachée dans une pochette de quarante-cinq tours.

J'ai croisé Osvaldo qui posait les premières briques de son palais, son édifice, son xanadu. Son pavillon bien à lui. Nous avons discuté, un moment. Il mettait du cœur à l'ouvrage. Entièrement seul. Tout juste aidé par le regard de son gosse d'à peine trois ans. Qui attend la casa, lui aussi. J'espère seulement qu'Osvaldo se construira une petite place bien à lui, entre la cuisine, le salon et les chambres d'enfants. Parce qu'entre le culte de la mère et celui de l'enfant, les pères italiens ont un peu tendance à s'oublier, malgré leur grosse voix. Je n'ai su que lui souhaiter bon courage.

J'ai dormi dans la maison parentale, et ça m'a gêné de retrouver un vieux lit, une vieille chambre, une vieille lampe de chevet, et cette vieille télé qu'on ne m'a jamais interdit de regarder. Une chose est sûre, celui qui m'en voulait l'autre nuit ne m'a pas suivi jusqu'ici. A croire que même les tueurs craignent la banlieue. Je commence à comprendre ce que Dario voulait dire par *Ma rue est longue.* Il parlait sans doute de la Diaspora italienne qui s'est réfugiée partout où l'on pouvait faire tenir un toit, sans épargner le plus petit recoin de l'univers. Rien que dans la rue Anselme Rondenay j'ai recensé des connections directes avec trois continents. Il suffit de discuter avec un gars qui a un frère dont le meilleur ami s'est installé là où on pourra s'échouer un jour, si l'envie nous prend. Dario le savait. Il aurait pu élever des bœufs dans un ranch en Australie, ou même repeindre les murs de Buenos Aires ou bien vendre des fromages à Londres, travailler la mine en Lorraine ou encore fonder sa petite entreprise de nettoyage à Chicago. En attendant mieux, il a préféré faire le gigolo à Paris.

Mieux. Mais quoi ? Désormais, je sais que c'est à moi d'y répondre.

Ma décision est prise depuis longtemps, déjà. Il faut que je sache ce qu'il a vu dans ce lopin de terre. C'est sans doute le tribut à payer si je veux me sentir libre un jour. Si je veux comprendre ce que mon père cachera toujours. C'est mon compte à régler avec la terre natale. Mes maquettes peuvent attendre encore un mois. On m'a déjà obligé à fuir Paris. Demain je fuirai la France.

Mais je saurai.

Avant de partir j'ai demandé à ma mère si cela lui ferait plaisir si je retournais à Sora.

— Pour vivre ? elle a demandé, surprise.

— Oui.

Elle s'est tue un long moment, désemparée après une question aussi inattendue. J'ai même cru qu'elle allait s'énerver.

— Pourquoi faire... ? On est ici, maintenant... Y'a plus personne à nous, là-bas... T'es français. Tu vas pas tout recommencer ce bordel avec le voyage et chercher la maison, et faire les papiers, et chercher la fiancée là-bas, et le travail, et t'accorder avec les voisins, tout... Même la langue que tu parles, ils la comprendront pas. Reste ici, va. Moi je veux pas y aller, même pour des vacances.

Le lendemain matin, je l'ai laissée à son insouciance.

*

Le Palatino. Départ à 18 h 06. Le plus célèbre des Paris-Rome. Une véritable institution pour les ritals, tous ceux qui ont élu domicile autour de la gare de Lyon. Ils en parlent comme d'un vieux cheval usé mais qui ramène toujours à bon port. Pour moi, la dernière fois remonte à mes onze ou douze ans, j'avais trouvé l'aller terriblement long, et le retour plus encore.

— A quelle heure on arrive à Rome? je demande.

Le jeune gars en blazer bleu, un petit brun un peu mal fagoté, toujours de mauvaise humeur, avec un badge wagons-lits au revers, me lance le regard exaspéré de celui qui répète deux mille fois la même chose.

— A 10 h 06, si les Italiens ne prennent pas de retard.

— Ça arrive ?

Là, il ricane, sans répondre.

— Ça doit être marrant de travailler dans les trains de nuit, non ? je demande.

— Quand vous en serez à quatre fois le tour de la terre sur rails on en reparlera, hein ?

Il sort du compartiment en haussant les épaules.

Nous sommes cinq, un couple d'Italiens qui rentre de voyage de noces, un couple de Français qui part en vacances pour la première fois à Rome. Et moi. Mes compagnons de route sont charmants, les deux couples se comprennent par gestes et sourires, avec quelques tentatives de phrases que la partie adverse parvient toujours à comprendre. Parfois il y a le mot sur lequel on bute, mais ça, pas question de le leur donner, ça me priverait d'un peu de rigolade. De temps en temps je m'assoupis, bercé par le train, j'oublie que j'ai quitté le pays et la ville que j'aime. Pour un temps indéfini. Je me persuade que ce n'est pas grand'chose, trois fois rien en comparaison de ce qu'ont vécu mon grand-père et mon père. L'exil est une sale manie de l'Italien. Je ne vois pas pourquoi j'échapperais à la règle. Des souvenirs d'enfance me reviennent en mémoire. La mémoire de tous les départs que je n'ai pas vécus. La voix du paternel remonte en moi, comme les soirs où, d'aventure, il avait envie de causer de lui.

...Partir...? Avant même que je naisse, mon père partait en Amérique pour ramener des dollars. Ensuite c'était mes frères. Quand c'était mon tour, l'année 39 est arrivée, et je suis parti quand même, mais pas pour faire fortune, juste pour apprendre comment on tenait un fusil sous les drapeaux. A Bergame, dans le nord, et ça parlait tous les dialectes. Heureusement que j'ai retrouvé un gars de ma région pour parler en cachette, parce que le patois était interdit. On est devenus des Compari, et c'était un mot qui voulait dire quelque chose, comme une promesse d'amitié. Et le soir, on traînait dans la ville haute, le Compare et moi, et on regardait les troupes fascistes se foutrent sur la gueule avec les Alpins, ceux avec la plume au chapeau. C'était les seuls à tenir tête aux gars de Mussolini. Pour les chemises noires tout était gratuit, ils entraient dans un cinéma ou dans un bar et ils disaient : C'est le Duce qui paie ! C'est peut-être la première raison qui m'a fait détester ces salauds-là tout de suite... Et c'était rien comparé à la guerre, la vraie. En 41 on m'a même pas laissé le temps de rentrer voir ma fiancée. Ils nous ont envoyés, le Compare et moi... Tu devineras jamais où... Un pays qu'on savait même pas que ça existait... C'est là que j'ai vraiment compris ce que c'était que partir...

On me secoue par l'épaule. 10 h 34. Roma Termini. Avant même de descendre du train je ressens quelque chose, je ne sais pas encore quoi, une chaleur d'été, une odeur bizarre, une odeur de chaleur d'été, une lumière bien blanche, je ne sais pas. La cohue sur le quai. Je regarde tous ces bras qui se croisent du haut du marche-pied, la rampe est presque brûlante, le soleil fait briller la coque verte du train d'en face. Je remonte le quai. Au loin, le hall est presque gris, caché à l'ombre de la marquise. Il ressemble à un aquarium parfaitement rectangulaire, énorme, un peu sale, il bourdonne et fourmille de touristes agités, lourds et transpirant déjà. C'est encore la zône franche, interlope et bordélique. Après avoir changé quelques billets je me décide à sortir de l'aquarium. A gauche et à droite, deux voûtes de lumière, je ne sais pas laquelle choisir pour, enfin, entrer dans ce pays.

J'ai choisi la sortie de gauche, la plus proche, celle qu'on prend toujours, vu qu'elle mène au terminus des cars, Via dei Mille. Je reste un instant immobile au seuil de la gare sans oser traverser la rue. Rome est déjà sur le trottoir d'en face, je la reconnais sans l'avoir vraiment connue. Des murs à l'ocre vieilli, le sillon du tramway, un Caffè Trombetta où deux vieux sont assis, les pieds dans la lumière et la tête cherchant l'ombre du store, des petites autos nerveuses qui se croisent dans le tutoiement des klaxons. Je me dis qu'il faut y aller. Pour rejoindre les cars je passe par la Via Principe Amadeo et, curieux de tout, je scrute la moindre échoppe pour savoir si tout ça ressemble au vague souvenir qu'il me reste. Un barbier sans client, renversé dans un fauteuil en position shampooing, lit le journal dans la pénombre. Je croise deux bohémiennes, deux *zingare,* qui tendent la main vers moi. Sous l'enseigne Pizza & Pollo il y a des ouvriers qui mangent des cuisses de poulet tout en s'engueulant dans un dialecte pas trop éloigné de celui de mes parents, mais je passe trop vite pour comprendre le litige. Je traverse la rue, côté soleil. Une enfilade de cars se profile au loin, le mien part vers onze heures, j'ai encore un peu de temps. Des familles bardées de valises et d'enfants sont agglutinées autour du piquet du départ vers Sora. « Dieci minuti ! Dieci minuti, non c'è furia ! Non c'è furia ! » crie le chauffeur à la meute qui cherche à s'engouffrer par tous les moyens dans son véhicule. En face du terminal je repère un autre barbier tout aussi inoccupé que le premier. Je passe la main sur ma barbe naissante.

Il lève le nez vers moi. C'est le moment de savoir si je peux donner le change et éviter de passer pour un touriste. Son italien est cristallin. Pas un soupçon d'accent.

— Pour la barbe ou pour les cheveux, signore ?

— La barbe.

— A quelle heure il part votre car ?

— Dix minutes.

— C'est bon.

A priori je me suis assez bien tiré de ces premiers mots prononcés sur le territoire transalpin, avec un peu de chance il n'a même pas dû sentir que j'étais français. Il me passe une serviette chaude sur le visage, affûte son coupe-chou, me badigeonne le visage de mousse. La lame crisse sur ma joue. C'est la première fois qu'on me rase. C'est agréable. Sauf quand il descend jusqu'à la pomme d'Adam. C'est chaud, c'est précis.

Un souffle de vent nous a envahi d'un coup, un courant d'air a fait claquer la porte, un bloc de revues posées sur un rebord du bac est tombé à terre. La lame n'a pas dévié d'un millimètre.

Flegmatique, immobile, il s'est contenté de dire :

— Per bacco... Ché vento impetuoso !

« Par Bacchus, quel vent impétueux. » Dans ce pays, je n'ai pas fini d'en entendre.

Deux minutes plus tard j'ai la gueule plus lisse que du verre. Le barbier me sourit et me demande, à la dérobée :

— Vous êtes de Paris ou de L'Haye-les-roses ?

En masquant un peu, j'ai répondu Paris. Il a sûrement un vague cousin, dans la seconde.

Je paie, honteux d'avoir été découvert. Je ne sais pas combien de temps je vais rester ici, mais il aurait mieux valu qu'on me prenne pour un vrai natif. Avant de sortir de la boutique, le barbier me gratifie d'un « au révouare méssiheu » un peu faux-cul, histoire de dire qu'il a voyagé, lui aussi. Dehors, la meute a disparu autour du piquet et les vitres du car s'embuent. Il reste un strapontin près du chauffeur. Il démarre et, ruisselant de sueur, jette une œillade vers moi en disant :

— « Attenzion, nous passar davant le Coliséo ! »

Effectivement. Et après le Colisée, la campagne. Le vieux bahut a traversé des bleds et des bleds, déchargeant peu à peu tous ceux qui avaient pris le même Palatino que moi, pour prendre des paysans, des femmes avec d'énormes paniers, des gosses rentrant de l'école. Le tout plongé dans une joyeuse cacophonie de bavardages, chacun changeant de place pour faire le tour des connaissances, comme si tout le village se retrouvait là, dans ce car. Une femme, juste derrière moi riait aux éclats en racontant quelque anecdote de basse-cour qui a mobilisé l'attention quasi-générale durant les dix derniers kilomètres. J'ai ri aussi, sans comprendre vraiment, et je me suis pris à imaginer ce qui se serait passé si mon père n'avait pas pris la décision de quitter la région. Ma mère aurait pu être cette femme au cou cuivré, au geste débordant et au rire contagieux. Et moi j'aurais pu être ce jeune gars en maillot de corps jaunâtre qui lit *La corriere dello sport* en faisant tournoyer un cure-dents dans sa bouche sans prêter la moindre attention au bordel ambiant. Pourquoi pas, après tout. En ce moment même, mon père serait dans sa forêt en train de surveiller le travail des jeunes, en attendant son plat de macaronis. En revanche je ne m'imagine pas une seconde porter des débardeurs en laine, je n'aime pas le football et j'ai toujours trouvé les cure-dents vulgaires.

Je suis descendu au terminus, à Sora. Sant'Angelo est un petit hameau qui dépend d'elle, situé trois kilomètres au nord. Le seul souvenir que j'ai de Sora, c'est un fleuve qui s'appelle le *Liri,* quatre ponts pour le traverser, et trois cinémas qui, à l'époque, changeaient de film chaque jour. Pour moins d'habitants que de fauteuils disponibles. On pouvait fumer au balcon mais en revanche, un panneau interdisait formellement de manger de la pizza. Une des salles ressemblait au grand Rex, une autre s'était spécialisée dans les péplums série B et la petite dernière dans le porno et l'horreur. Je me souviens d'une séance de *La nièce n'a pas froid aux yeux* où le projectionniste s'était fait lyncher par un public hystérique à cause d'une panne de lumière au moment où la nièce en question allait faire preuve de courage face à un grand gaillard qui lui donne à choisir entre sa queue et sa hache. On n'a jamais connu la suite. En rentrant en France je n'avais plus de mots pour expliquer à mes camarades ce dont la race humaine était capable sur grand écran. Seul Dario parvenait à corroborer mes dires. Le cinéma faisait partie de la vie du petit provincial, du paysan même, du quotidien. Aujourd'hui je ne vois plus que des antennes paraboliques sur les toits, les trois salles ont disparu, la plus grande est devenue un magasin de motoculteurs, et je me demande comment les mômes du coin font désormais pour goûter aux images interdites.

Il fait déjà trop chaud. Mon sac pèse des tonnes. Je suis habillé comme à Paris, et on me croise comme un touriste, sans comprendre ce qui cloche. C'est écrit sur ma gueule. Je le lis sur celle des autres. La ville est plus agréable que dans mon souvenir. Plus de variété dans les couleurs des murs, dans l'architecture, dans l'agencement des échoppes. Je ne m'étais pas rendu compte de tout ça étant môme. Les mômes ne remarquent jamais rien, hormis les marchands de glace et les cinémas. Je transpire. J'ai faim. Je sens un parfum de farine chaude devant une pizzeria. Tout à côté, une odeur de saumure. Des montagnes d'olives jaunes. Et sur Piazza Santa Restituta, le vendeur de pastèques décharge son camion en faisant rouler ses fruits sur une large planche. Un peu paumé, incapable de prendre une décision, manger, boire, dormir ou repartir aussi sec d'où je viens, je m'assois près d'une pièce d'eau, entièrement seul. Personne n'ose encore affronter le soleil.

Pensione Quadrini. On m'a dit que j'y trouverais de quoi loger. Une porte cochère qui ouvre sur un minuscule patio où sont garés des vélos rouillés et une mobylette. Au bout d'un petit escalier sombre on aboutit direct dans une cuisine où une jeune femme est en train de faire frire des fleurs de courgettes dans une poêle tout en regardant la télé. Elle s'essuie les mains à son tablier et, surprise, me demande ce que je veux. Comme si j'étais là pour manger des beignets de fleur. Une chambre ? Ah oui, une chambre ! J'en ai quatre... J'en ai quatre ! Voilà tout ce que je réussis à comprendre. Malgré cet enthousiasme, je sens qu'elle n'est pas à l'aise, elle rougit et évite de me regarder de face, l'odeur de friture nous envahit, elle n'a pas l'habitude du touriste. On se demande qui elle peut bien héberger en plein mois d'août. Tout se passe assez vite, en fait. Même pas le temps de discuter. J'ai l'impression qu'elle veut précipiter le mouvement. Pour un peu je rebrousserais chemin. Pas envie de troubler la tranquillité de quelqu'un dès mon arrivée. Je la suis dans une petite chambre rudimentaire mais propre, avec un missel sur la table de nuit et une image pieuse au-dessus du lit. Mademoiselle Quadrini pose une serviette près du lavabo et parle d'eau chaude, elle en manque à certaines heures de la journée, puis elle fouille dans une poche de son tablier pour me tendre une clé, au cas où je rentrerais après onze heures du soir. Je pensais qu'elle allait me parler des tarifs et de la durée de mon séjour mais, toujours aussi inquiète, elle est retournée dans la cuisine pour continuer sa friture.

Dans quelle étrange contrée suis-je tombé ? Les vrais ritals sont-ils si différents que nous autres, les renégats ?

Le lit craque autant que toute ma carcasse encore engourdie après une nuit de couchette. Personne ne sait que je suis dans ce bled. Moi-même je n'en suis pas si sûr. Il va falloir que je m'habitue à tout ça si je veux comprendre quelque chose.

Les actes de propriété sont étalés par terre, et je les étudie pour la centième fois. L'extrait du cadastre, le plan du géomètre, et mon nom, mon nom, et encore mon nom. C'est à cause de ces trois papiers que Dario est mort et que je suis passé tout près du cimetière du Progrès. J'ai la photocopie mentale de mes terres depuis plusieurs jours, et maintenant qu'elles sont si proches, à un jet de pierre, j'ai encore un mouvement de recul chaque fois que je pense avoir réuni le courage suffisant pour m'y rendre. Les mille cinq cents bornes entre Rome et Paris ne sont rien en comparaison de ça. L'orée de mes terres. Mes terres. Parfois il m'arrive de les accepter, de me les approprier, de faire comme s'il y avait de la fierté là-dedans. Quand je n'éprouve que peur et dédain.

Les réflexes méditérranéens reviennent vite. Après une courte sieste, je suis sorti vers six heures du soir, au meilleur moment de la journée. C'est l'heure où l'on ose faire un pas dehors, où l'on a envie de se mêler aux autres, de discuter en place publique, en terrasse, un verre de rouge bien frais à la main. On supporte le tissu d'une chemise, on n'hésite plus à bouger, on flâne. J'ai bu un café juste devant la pièce d'eau où toute la jeune génération est agglutinée. Les filles assises sur des rambardes se font chahuter par des garçons en mobylettes. Les hommes mangent des glaces. Tout cela n'est pas si différent de ce que j'ai connu étant gosse. Je me sens moins intrus qu'à mon arrivée.

Pris d'une impulsion subite, je me suis mis à marcher sur le bas-côté de la route qui mène à Sant'Angelo. J'en ai eu brutalement envie, comme si le courage m'était revenu et que tout allait s'éclaircir, enfin. Sur la route j'ai encore fait le tour des suppositions en ce qui concerne le terrain. Mais il y en a plus de cent. Plus de mille.

Sous ce terrain, il y a quelque chose de caché, d'enfoui, un trésor, des milliards, de l'or, des objets précieux, des lingots qui datent de la guerre, le saint Graal, les cadavres de trente personnes disparues, des preuves irréfutables sur la culpabilité de plein de gens, des choses qu'il ne vaudrait mieux pas déterrer. Voilà pourquoi j'ai failli me faire plomber.

Mais s'il y avait vraiment quelque chose dans cette terre, pourquoi ne pas avoir fait une simple expédition nocturne, avec des pelles et des pioches, et le tour était joué. A moins que ça ne soit trop gros pour être déterré discrètement. Tout est possible. Et s'il y a vraiment quelque chose, ce quelque chose m'appartient de plein droit. Je suis peut-être milliardaire sans le savoir. Et qu'est-ce que ça peut bien me foutre si ça doit me coûter une balle de neuf millimètres dans la tête ?

Encore quelques mètres. L'extrait de cadastre en main, je quitte la route et m'enfonce dans une toute petite forêt. Il fait doux, je flaire des odeurs que je ne connaissais pas, je contourne des buissons aux baies étranges. Mon cœur se met à battre. Entre deux chênes je vois, au loin, une espèce de clairière qui pourrait bien m'appartenir. Le soleil est encore bien haut. Je n'ai pas rencontré âme qui vive depuis une bonne demi-heure.

C'est bien elle.

Ordonnée. Modeste. Pas interminable, non, je peux en voir les limites et les contours sans à peine bouger la tête. Elle s'arrête au pied d'une colline. Les piquets bien droits, les grappes apparentes, encore vertes. Une sorte de vieille grange, pas loin. Et bien sûr, pas la moindre grille pour emprisonner tout ça. Qui s'en fout, après tout, de ces quatre hectares à découvert, qu'on peut entourer d'un seul regard, qu'on peut boucler d'une courte promenade ? On la remarque à peine si l'on n'est pas venu expressément pour elle. Elle est encerclée par un champ de blé beaucoup plus vaste, lui. Combien faut-il d'hommes pour s'en occuper ? Deux, trois, pas plus, et pas tous les jours. Trois jours par-ci, dix jours par-là. Pas plus. Je m'approche de la grange en faisant attention à ne pas marcher dans la terre, comme si je craignais plus pour elle que pour mes chaussures. La grange n'est même pas fermée. Elle abrite le matériel de pressage et quelques fûts, manifestement vides. Ce vin est-il aussi terrible qu'on le dit ? Comment peut-on faire du mauvais vin avec un paysage et un soleil pareils ? Et pourquoi personne n'a jamais essayé de l'améliorer, d'en faire quelque chose de buvable ? Parce qu'il paraît qu'avec un peu de bonne volonté, un peu d'enthousiasme, un peu de science et un peu d'argent, on peut transformer le vinaigre en quelque chose de correct. J'ai l'impression d'être un intrus que les paysans vont bientôt chasser à coups de fusil et livrer aux carabiniers. Quand, en fait, je suis bel et bien chez moi, et j'ai tous les papiers pour le prouver. En entrant dans la grange, je découvre au beau milieu d'un monceau de paille, une barrique bouchée qui pue la vinasse et semble pleine à craquer. Je ne sais pas comment m'y prendre pour en tirer une simple gorgée sans en répandre des litres au sol. Un louche à proximité, un marteau, une large pierre plate. Il faudrait que je mette le fût à la verticale, mais il doit peser un bon quintal.

Au moment où je me suis approché du tonneau j'ai entendu un râle d'outre-tombe.

Un cri qui a résonné partout, et j'ai eu peur, j'ai rampé comme un rat en retournant sur mes pas. Le cri a repris une fois ou deux pour se transformer en grognements rauques. Quelque chose d'à peine humain. Mais j'ai pu y reconnaître un mot ou deux.

— Chi é !!!! Chié è ? Chi é ?

Si ce quelque chose demande qui je suis, c'est qu'il n'est pas vraiment dangereux. Je suis revenu jusqu'à la barrique pour y découvrir une petite boule joufflue et ruisselante de vinasse, des lunettes noires, épaisses et bien rondes, un corps replet enseveli sous la paille. L'homme est vautré entre des bonbonnes vides. L'une d'elles est couchée près de lui, au quart pleine, à portée de sa bouche. Il la tétait au moment où je suis venu le déranger. Je cherche son regard mais ses drôles de lunettes noires ne laissent rien passer, il se redresse vaguement mais ne se lève pas. Il est hirsute et porte une barbe sale, une veste immonde, des godillots troués. Jamais je n'aurais pu imaginer qu'il y avait des clodos ici. Il a fait une succession de gestes ratés, comme se dresser sur ses jambes, empoigner un objet perdu dans la paille, et surtout, regarder dans ma direction. J'ai compris qu'il était ivre mort, ses genoux ont heurté la chose enfouie et quelques couacs ont vibré pas loin. Il a éclaté de rire, a tâtonné à terre pour y débusquer ce truc qui couine. Un banjo. Après l'avoir posé sur ses genoux il a regardé vers moi, la bouche grande ouverte, heureux. Le sourire du ravi, riant vers le néant, effaré et triste. Mais j'ai eu l'étrange impression que ses yeux se trompaient de trois bons mètres dans leur ligne de mire.

— Je m'appelle Antonio Polsinelli.

— Jamais entendu ce nom-là, signore. Mais c'est pas grave ! C'est tant mieux ! Vous êtes de passage ?

— Oui.

— C'est tant mieux !

Il a gratouillé les cordes en guise d'introduction et a dit :

— Vous n'avez jamais entendu ça, je vais jouer un morceau que j'ai écrit moi-même, le morceau de toute ma vie, c'est une complainte, c'est une chose triste, ça s'appelle « *J'ai acheté les couleurs* ».

En secouant un peu la barrique il a bu quelques goulées en en renversant des litres entiers par terre, puis s'est mis à entonner sa chanson.

Le champ de blé est noir
Le ciel du jour est noir, le ciel de nuit aussi
Que c'est triste de voir tout en noir
Le vent, le soleil et la pluie.
Suis allé au marché pour trouver les couleurs
Mais le marchand a dit « il faut de l'argent pour ça » !
L'argent c'est quelle couleur ? Même ça je le sais pas
Un jour un homme est venu, il était noir aussi,
Et il m'a dit bientôt, tu verras tout en or
Avec tous ces deniers je voulais un arc-en-ciel
J'attendais les millions,
mais depuis il est mort
Et pour me consoler j'ai joué de mon instrument
Et les passants gentils m'ont donné quelques pièces
Alors pour oublier, le noir et tout le reste
Suis allé au marché pour acheter du vin rouge
« Le rouge j'en ai plus, m'a dit le marchand
T'as qu'à boire du blanc.
Quelle différence ça fait
Pour un aveugle comme toi,
La couleur de la bouteille ».

Un coup de feu a retenti dans la grange et m'a arraché un nouveau cri de surprise.

L'aveugle s'est tu. A genoux. Raide. J'ai cru qu'il avait été touché.

Vers la porte, une silhouette plantée, le fusil encore en l'air. Nous sommes restés figés, stupides, l'aveugle et moi.

L'homme s'est approché lentement et, dans un accès de rage incroyable, a frappé l'aveugle dans les côtes avec la crosse de son fusil. Râles de douleur. Je n'ai pas fait un geste.

Peur de la violence, des coups de feu, de tout, de ce pays, de l'aveugle et de sa chanson, de cet homme frappant avec plaisir sur un handicapé prostré à terre.

Des insultes, des coups de pied. Je me suis haï de ne pas savoir arrêter ça.

Ensuite il a précipité l'aveugle hors de la grange et a jeté le banjo le plus loin possible. Il a brisé sur son genou une longue branche qui devait faire office de canne. Puis s'est retourné calmement vers moi. Avec un horrible sourire.

— Il est le nouveau patron des terrains ?

Un italien châtié, un peu trop académique, un peu trop marqué. On aurait dit mon père dans un grand jour. Et cette troisième personne de politesse, déférente, un peu trop précieuse, qu'on utilise en général avec un interlocuteur plus âgé que soi pour marquer le respect. Un instant sans voix, j'ai baissé les bras sans savoir quoi répondre, sans savoir s'il s'adressait vraiment à moi ou à un autre, caché dans mon dos.

— L'aveugle n'est pas mauvais garçon, mais ça fait mille fois que je le chasse des vignes, il renverse toutes les barriques, et Giacomo, le vigneron, n'est pas là tous les jours pour surveiller.

— Il ne fallait pas le battre comme ça.

— Bah... Si je ne l'avais pas fait il revenait dans deux heures.

— Et alors ?

Il tique, énervé par ma réponse. Sans doute qu'un vrai « patron », comme il dit, doit savoir se faire respecter. Puis il reprend son sourire insupportable.

— Il doit s'imposer tout de suite, sinon il n'aura que des problèmes. L'aveugle, il me connaît bien, allez... Le dimanche je lui donne mille lires, au marché... Si maintenant on écoute ce que raconte l'aveugle...

— Vous êtes qui ?

— Signor Mangini Mario, j'habite à côté. J'ai vendu un bout de terrain dont il est le patron, maintenant.

Il tend la main vers moi. Encore sous le choc, je tends la mienne.

— Il le connaissait bien, le mort, monsieur Polsinelli ?

— Vous êtes au courant de tout, non ? Même de mon nom.

Il s'est lancé dans un petit topo explicatif, pas vraiment surprenant. Dario avait fait le voyage de Paris pour venir lui acheter cash un lopin dont il n'avait plus besoin. Sans discuter trop longtemps du prix, ils sont allés chez le notaire. C'est ce même notaire qui a été prévenu par téléphone, sans doute par madame Raffaëlle, que l'acte de propriété allait changer de nom, suite au décès, et la nouvelle s'est répandue chez les gens concernés par le terrain. Mangini a terminé son speech en disant qu'un jour où l'autre il finirait bien par voir apparaître « le nouveau patron ».

— Dario vous avait sûrement expliqué pourquoi il voulait racheter ? je demande.

Il ricane.

— J'ai bien essayé de comprendre, au début. Parce que cette vigne, Signor Polsinelli, même un vieux paysan comme moi qui est né dessus n'a jamais réussi à en faire quelque chose de bon, alors... avec le respect que je dois aux morts, je peux dire que c'est pas un petit Français qui allait en faire un coup de canon, de cette vigne...

Il dit ça avec le petit air fier du natif irréductible, celui qui n'a jamais quitté le sol natal, celui qui ne s'est jamais rabaissé à demander l'aumône aux pays étrangers. Sans doute y a-t-il un honneur à ne pas fuir. Je ne sais pas. Profitant d'un peu de silence il passe son fusil en bandoulière et se redresse, droit comme un I, à la manière du soldat en faction. J'essaie de lui donner un âge sans vraiment y parvenir. Le port altier, le geste précis, une vigueur hors du commun quand il a tabassé l'aveugle. Beaucoup de rides, le visage tanné de soleil, le regard fatigué. Soixante ans, peut-être.

— Polsinelli, c'est un nom italien. Et il le parle bien, presque comme nous. Comment ça se fait ?

— Mes parents sont du coin.

— Je m'en doutais un peu, va... Les Polsinelli, y'en a pas mal, ici... C'est comme moi, les Mangini, c'en est bourré, dans au moins trois familles différentes... Vous savez ce qu'on dit de l'Italie ? Que c'est le pays des sculpteurs, des peintres, des architectes, des oncles, des neveux et des cousins...

Nous avançons vers le seuil de la grange. Le jour a décliné brutalement, à moins que notre entretien ait duré plus longtemps que ça. Une fois dehors, Mangini fait un geste panoramique du bras pour me désigner les contours de la propriété.

— Et la petite maison qu'il voit là-bas, c'est la remise d'outils, je ne lui conseille même pas d'y rentrer, elle est tellement vieille qu'elle pourrait s'écrouler sur lui. Y'a rien à récupérer de bon. Même pas de quoi acheter des cigarettes.

Quand j'ai jeté un œil sur ce qu'il appelle la remise, j'ai cru à une hallucination.

— Une remise... Ça ? Vous plaisantez... ?

Plutôt un mirage. Une petite chose circulaire, en pierre et en bois sculpté. Coiffée d'un dôme fissuré. Une ruine, belle et incongrue au milieu d'un champ. Un instant interloqué j'ai cherché le terme adéquat pour ce type de bâtisse, sans le trouver, ni en français, ni en italien.

— Mais... On dirait un... une...

— Une chapelle, oui. C'est bien une chapelle. On ne l'avait pas prévenu ?

Mangini s'est foutu de moi comme un collégien, en me montrant du doigt.

— Il est propriétaire d'un lieu saint, signor !

Et son rire repart de plus belle.

Comme un zombi j'ai avancé vers elle, la main tendue. La porte n'attendait qu'une pression pour tomber en pousière.

— Qu'il fasse quand même attention, signor !

La poussière m'a fait tousser. J'ai marché sur des outils, des hottes, des sécateurs posés sur un dallage de marbre ébréché. Une mosaïque rose et noire, passée et cassante. En relevant la tête j'ai eu un hoquet de surprise en le voyant, lui. Debout, les mains en l'air, sur un socle en pierre. La tête en bois écaillé, des joues creusées et poreuses. Mais les yeux sévères. Intacts. Inquisiteurs. Sa tunique blanche part en poussière, elle est mitée et trouée. La cape devait être bleue, il y a un siècle. Un saint de brocante. Seul le regard perdure à travers le temps. Un regard qui persiste à faire peur. Comme pour le déjouer, l'annihiler, on a suspendu une série de serpes et de crochets sur tout un bras. Mais ça ne parvient pas à le rendre ridicule. L'homme qui jadis a sculpté ce regard devait avoir une vraie trouille du sacré.

— Pas de dégâts, signor Polsinelli ? crie Mangini, du dehors.

Je ressors, un peu assommé.

— Vous pouvez m'expliquer ce que cette chapelle fait là ?

Il rit.

— On verra demain, ça fait plus de cent ans qu'on parle plus de lui, notre bien-aimé Sant'Angelo, notre protecteur. Il peut bien attendre encore une nuit, hein ? Et bonne promenade...

Il s'engage droit vers la colline dans le jour qui décroit.

— Et encore bienvenue, Signor Polsinelli...

Bientôt, je ne vois plus que le bois luisant de sa crosse au milieu des feuillages. Et je me retrouve seul dans cette contrée perdue, sans désir, sans repères. Et je suis du genre, où que je sois, à avoir le mal du pays dès que je sens la nuit s'installer. Il m'en faut peu. Quand je pense à tous les déracinés du monde.

... Un pays que si on m'avait dit qu'il existait, j'aurais déserté... Ils avaient besoin de dix volontaires par district, et on m'a choisi pour partir en Albanie. J'en avais jamais entendu parler. Encore aujourd'hui, je pourrais pas te dire où ça se trouve. Quelque part entre la Yougoslavie et la Grèce. On a entendu dire que c'était justement une plate-forme pour envahir la Grèce. Y'en a même un parmi nous, un gars plus au courant que les autres, qui a dit que Mussolini avait fait un caprice, il voulait la Grèce mais Hitler était pas d'accord, et le Duce n'a rien voulu savoir. Un caprice... Ouais... On était là à cause d'un caprice. C'est tout. J'ai voulu leur expliquer qu'il y avait d'autres gars mieux que moi pour jouer les envahisseurs. Les fascistes, eux, ils demandaient que ça. Et puis, il y en avait pas, des envahisseurs, parmi nous, les soldats de Victor Emmanuel III. On était tous pareils, à se faire tout petit pendant l'appel, à raser les murs, à trouver le fusil trop lourd. Les Italiens sont pas vraiment des guerriers, tu sais... Quand une garnison d'Italiens entend l'ordre : Tous aux baïonnettes ! *ils comprennent :* Tous aux camionnettes ! *et*

ils retournent à la caserne. Tout le monde sait ça. On avait autre chose à penser qu'à écouter les leçons de courage. N'empêche qu'il nous a fallu vingt-huit jours de bateau, au Compare et moi, pour arriver à Tirana.

*

La télé de la logeuse pétaradait de coups de mitraillettes, de sirènes, et de pots d'échappement. Les yeux rivés sur une américanade, la jeune femme m'a tout de même montré son saladier de beignets au cas où j'aurais un petit creux. Un seul m'a suffi pour me plomber l'estomac pour le reste de la soirée, et comme si elle avait deviné ce que je voulais, elle a sorti une bouteille de vin d'un placard sans quitter des yeux le gros flic noir lisant ses droits au jeune loubard qu'il vient d'appréhender. Un instant je me suis demandé ce qu'elle pouvait bien piger à tant d'exotisme. J'ai pris place à côté d'elle, sur le canapé, la bouteile à portée de main. Nous avons bu en silence. Elle, regardant la fin du feuilleton dans un silence religieux. Moi, plongé dans la contemplation de son profil.

— En France aussi, y'a des noirs et des chinois?

— Oui.

— Et des histoires de police, la nuit, avec des poursuites et du bruit, et des filles.

— Heu... Paris, c'est pas New York, vous savez.

— Il doit s'y passer plus de choses qu'ici, allez... Ici, y'a jamais rien.

— Ne croyez pas ça. Ça fait pas une journée que je suis là et j'ai déjà vu plein de choses bizarres.

Elle sourit sans me croire et me tend son verre pour que je le remplisse. Elle boit et se concentre à nouveau sur l'image. Peut-être par gêne. Le bronzage de ses épaules et de son cou s'arrête aux contours de sa blouse à trois sous qui se chiffonne aux cuisses. En dessous, je devine un maillot de corps dont une des bretelles menace de tomber. Lentement elle saisit les coins du tablier noué à sa taille pour s'éventer le visage. L'inspecteur de police dit quelque chose qui la fait rire mais que je n'ai pas entendu. Elle fait reposer sa jambe gauche sur un bras du canapé et fait claquer sa savate ballante sous son talon. Dans le plus grand naturel. Est-ce la même fille que celle qui m'a accueilli ce matin ? Si oui, elle m'a adopté plus vite que prévu. J'ai cent questions à lui poser, et elle, plus de mille.

— Vous vivez seule, ici ?

La réponse était toute prête. J'ai même eu l'impression d'avoir tardé à la poser.

— Oui, mes parents ne sont plus là. J'ai gardé la pension, mais je fais d'autres choses pour vivre. De la couture, beaucoup. Mais aussi de la cuisine et du ménage pour des vieilles personnes en ville.

Elle doit surtout mourir d'ennui, seule, à longueur d'années. Malgré ses vingt-sept chaînes. Quand le feuilleton est terminé, elle zappe. La R.A.I. diffuse une espèce de show avec des girls largement découvertes. Ça m'a un peu gêné. Elle a baissé le son, et j'en ai profité.

— C'est du vin d'ici qu'on boit ?

— Pouah… avec le vin d'ici je fais la salade. Celui que vous buvez c'est du Barolo, mon père adorait ça, il m'a laissé pas mal de bouteilles. Ah si Sant'Angelo voyait ce qu'on fait de sa vigne, il nous protégerait plus !

Elle éclate d'un rire un peu aigre. J'ai regardé l'étiquette de la bouteille. Un Barolo de 74.

— C'est quoi, l'histoire de Sant'Angelo ?

Sans cesser de regarder la myriade de filles en paillettes, elle se sert un autre verre et le brandit bien haut.

— Béni soit notre Saint Patron ! Sant'Angelo nous a visités, il y a des siècles, il est apparu à des bergers, et il a dit, c'est ici, sur ces terres, que vous tirerez le sang du Christ ! Voilà ce qu'il a dit ! J'ai jamais vu des jambes ausi longues, regardez-moi cette fille ! Ammazza... !

J'ai eu envie de lui dire qu'elle aussi a des jambes. Mais sans doute ne le sait-elle pas. Dans un flash de rétine je l'ai vue débarrassée de ses nippes, et l'ai rhabillée, recoiffée et maquillée comme une vraie petite parisienne des rues. Une bombe d'épices qui ferait tourner la tête à toute la rive droite.

— Vous connaissez la petite chapelle qu'il y a au milieu de la vigne, du côté de Sant'Angelo... ?

— Bien sûr.

— Qu'est-ce qu'elle fait là ?

— Après l'apparition ils ont planté la vigne et ils ont construit la chapelle, parce que c'était la première fois qu'un saint venait jusque chez nous pour nous visiter. Ils ont fait sa statue, et un curé venait tous les dimanches pour faire la messe, pour pas plus de trente personnes. Ma grand-mère est née pas loin, Dieu ait son âme, et elle l'a connue ouverte.

Un jour ils l'ont fermée, y'avait plus assez de monde, ça remonte à presque cent ans en arrière. Moi je reste à Sora pour suivre l'office. J'accompagne mes vieux.

— Vous n'allez jamais à Rome ?

— Jamais. La messe de Pâques, je la regarde à la télé. Le Pape on le voit tout près, et il nous fait l'*Urbi et Orbi.* Il a dit que c'était valable même quand on le regarde à la télé. Vous savez, je m'appelle Bianca. Dites, vous allez rester longtemps chez nous ?

— Je ne sais pas.

— Restez au moins jusqu'à la fête du *Gonfalone,* c'est le 12 août. Vous verrez, il y aura toute la région, tous les villages vont s'affronter, des milliers de gens !

Brusquement elle jette un œil sur la grosse pendule du salon, se lève et change de chaîne.

— On allait louper Dallas.

Une musique gluante nous coule dans les oreilles. Elle m'a déjà oublié.

Les bruits de la rue m'ont réveillé, j'ai ouvert les stores sur le marché grouillant de vie partout sur la grand-place. Le vin d'hier soir ne m'a pas cassé la tête. Au loin, j'ai vu Mlle Quadrini acheter une pastèque trop lourde pour elle, en plus d'un sac plein de légumes. Elle passe à portée de cet aveugle fou qui joue du banjo entre deux étals. Une passante lui lance une pièce de monnaie, il la remercie en chantant. Malgré l'éloignement je l'entends couiner et faire des mimiques incroyables. Un maraîcher lui lance une pomme pour le faire taire, l'aveugle la reçoit en pleine tête. Il se fige, une seconde. En tâtonnant, il récupère la pomme, la dévore, puis gueule :

— Hé crétin, la prochaine fois, essaie la pastèque !

Tout le monde se marre.

Persuadé d'être seul dans la maisonnée, je suis allé vers la cuisine pour y débusquer un peu de café, et j'ai eu un mouvement de recul quand j'ai vu ce type assis, les bras croisés sur la table, devant une sacoche. Une trentaine d'années, élégant, le visage frais, des dents saines. Un nouveau client ? Je ne sais pas pourquoi mais, à la manière dont il m'a regardé, j'ai senti qu'il faisait partie de la conjuration des nuisances.

— Vous voulez une chambre ? j'ai fait.

— Non, c'est vous que je viens voir, monsieur Polsinelli.

Là j'ai failli m'énerver. Je ne cherche pas spécialement à rester anonyme mais j'ai la sale impression d'avoir une croix marquée au front.

— Je me présente, Attilio Porteglia, j'habite Frosinone, et je voudrais traiter avec vous. Je peux essayer de parler français, mais lequel de nous deux connaît mieux la langue de l'autre ?

— Comment savez-vous que je suis descendu ici ?

— Vous connaissez les petits villages...

J'ai haussé les épaules. Mais il est vrai que tous les gens concernés par cette vigne n'ont aucun mal à me trouver.

Clair, synthétique, il m'a exposé les deux ou trois

éléments de sa vie nécessaires à la bonne compréhension de sa démarche. Fils de bonne famille, il a fait des études d'oenologie à Paris et veut désormais se lancer dans le métier.

— Je veux créer mon vin, j'ai de l'argent. Un maître chai français est d'accord pour tenter cette aventure avec moi.

— Un Français ?

— Château-Lafitte, il répond, en essayant de prononcer à la française.

— Et alors ?

— Je veux m'installer dans le coin, je me suis promené, et je suis tombé sur votre vigne, il y a un mois. C'est exactement la situation que je souhaite pour mon futur vin, la surface aussi, pas plus de 10000 bouteilles par an, on pourrait en tirer plus mais je ne veux pas. Je l'ai goûté, et on ne peut pas dire pour l'instant que...

— Je sais.

C'est au moins le dixième palais qui me dit que ce vin est dégueulasse. Et je suis le seul à ne pas l'avoir goûté.

— Je ne peux pas en faire un grand cru. Pas un Château-Lafitte, d'accord, mais un bon petit vin qui dira son nom.

— Je n'y connais rien. Est-ce seulement possible ?

— Il faudra repartir de zéro, se priver des trois prochaines récoltes, construire une nouvelle cave, acheter des fûts en chêne, et aussi des... Mais... Heu... Je ne vois pas pourquoi je vous raconterais le détail...

Il s'est levé et a ouvert sa sacoche.

— Je veux cette vigne.

Des liasses de billets de cinquante mille lires.

— Je vous la rachète au double du prix du mètre carré, soit 50 millions de lires, devant le notaire. Plus, ce que vous voyez sur la table. Dix millions de lires si vous vous décidez aujourd'hui.

— Rangez ça tout de suite, la jeune personne qui tient cette maison va arriver et je ne veux pas qu'elle s'inquiète.

Surpris, il a remballé ses liasses et m'a tendu la poignée de la sacoche.

— Personne ne vous en donnera plus.

— Et si je voulais en faire, moi, du bon vin ?

— Vous plaisantez, Signor Polsinelli…

— Oui, je plaisante.

La Quadrini est arrivée et a salué l'inconnu. Je l'ai sentie inquiète, malhabile dans ses gestes. Elle nous a proposé une tranche de pastèque, puis du café. Au loin, près du canapé, j'ai vu la bouteille de la veille.

— Il vous reste du vin, comme celui d'hier ?

Sans répondre elle est allée me chercher une bouteille neuve.

— Monsieur Porteglia et moi nous allons boire un petit verre, ça ne vous gêne pas, Mlle Quadrini ?

Elle a secoué la tête, nous a sorti deux verres. Le jeune gars a levé la main bien haut.

— Merci, pas pour moi, il est trop tôt.

Je l'ai regardé droit dans les yeux, tout en maniant le tire-bouchon.

— Vous allez trinquer avec moi ! j'ai dit, comme un ordre.

Il a tout de suite compris qu'il n'était pas question

de se défiler. Pas une seconde, la paume de ma main n'a quitté l'étiquette. J'ai posé la bouteille à mes pieds. Bianca nous a regardés.

Porteglia, de mauvaise grâce, a scruté la couleur du liquide, puis l'a senti en le faisant tournoyer dans le verre. En le portant à sa bouche, ses yeux ont croisé les miens.

Une gorgée qu'il a mâchée quelques secondes. Puis une autre. J'ai descendu le mien d'un trait.

— Alors, vous en pensez quoi ? j'ai demandé.

Porteglia ne quitte pas son verre des yeux. Son silence s'étire.

— Pas facile. Tout dépend de la manière dont il a été conservé.

— Allez... Un petit effort. Un jeu d'enfant pour un spécialiste comme vous.

— Un vin du Nord, c'est sûr...

— Mais encore, M. Porteglia. Précisez.

Le voir renifler son verre en gagnant du temps m'a amusé.

— Je dirais... Heu... Il n'est pas très éloquent... Il est plutôt austère, assez fruité. Il se prête bien au vieillissement.

Excité, je me ressers un verre.Toujours bien planqué sous la table.

— Celui-là s'en tire bien, mais je ne pense pas qu'il faille le conserver plus de dix ans.

Après une autre gorgée il a dit :

— Il me semble qu'il est piémontais.

— Arrêtez de finasser, M. l'œnologue. Dites quelque chose.

— Je dirais un Barolo. D'une année moyenne, mais qui a largement dépassé les dix ans.

J'ai arrêté net de boire.

— Allez... 74 ?

Bianca a émis un petit sifflement perçant. J'ai tapé mon verre sur la table. Porteglia est sorti sans prendre sa sacoche et m'a dit qu'il repasserait dans la soirée.

La Quadrini m'a montré le chemin de la poste. L'endroit a quelque chose d'équatorial, un ventilateur au plafond, des cabines en bois clair, un guichet en marbre rose. Le type derrière s'enfile une gamelle de pâtes en sauce, une serviette attachées autour du cou. Du haut de sa lippe grasse il me fait comprendre que je le dérange. A l'autre bout du fil, ma mère m'a demandé s'il faisait chaud, si j'avais trouvé de quoi manger et dormir. Il paraît que mon père a promis de me botter le cul dès qu'il rentrerait de sa cure pour avoir abandonné la mamma. Un comble.

L'après-midi je suis retourné à la vigne où le Signor Mangini m'attendait avec le vigneron qui avait revêtu son costume du dimanche. Un garçon impressionnable, ce Giacomo. Non seulement je devais être le premier étranger à qui il parlait de sa vie, hormis Dario, mais j'étais surtout « il padrone ». Avant toute chose il tenait à me déballer tout un baratin technique sur sa méthode de travail, le cépage, la vinification, la taille des pieds, et un tas de choses que je ne connaissais pas, mais j'ai fait mine de m'y intéresser. La vigne n'est pas son vrai boulot, mais sa propre ferme ne marche pas fort, et il essaie depuis quelques années de faire un peu de sous avec des grappes dont plus personne ne voulait s'occuper. Il parvient à en vendre quelques milliers de litres à une chaîne de restaurants d'entreprise milanais, mais il préfère de loin la proposition de salaire que Dario lui a faite. Si Dario faisait confiance à ce brave gars pour tirer le vin, c'est une nouvelle preuve qu'il se foutait totalement de la qualité. Ils m'ont emmené dans les caves creusées dans le sol de la grange, j'ai vu une enfilade de tonneaux contenant les trente mille litres invendus qui s'accumulent depuis les quatre dernières années. Pour la première fois, j'ai enfin réussi à tremper mes lèvres dans le breuvage. On m'en avait tellement rebattu les oreilles que j'ai accueilli le liquide presque en grimaçant. Ils ont attendu, inquiets, ma première réaction.

— Alors ?

Alors j'ai fait semblant. Avec un air profondément recueilli je me suis gargarisé le palais en attendant que quelque chose se passe. Je n'ai pas eu le sentiment de boire le sang du Christ. Le Barolo d'hier est un cruel point de comparaison. Mais je m'attendais à bien pire. Il est plutôt âcre, c'est vrai. Un goût de pichet, un faux air de quart de rouge à quinze balles, on devine le croque-monsieur à suivre, et on le fait passer avec un café, sinon il risque de casser un peu la tête pour le reste de l'après-midi. Je n'ai pas craché ; le pauvre garçon qui s'échine à le presser en aurait sans doute baissé les yeux.

— Alors ???

Alors j'en ai remis un peu dans l'écuelle pour m'y

coltiner à nouveau. Cette fois je l'ai avalé d'un trait, comme si j'avais soif, et les deux autres ne m'ont pas suivi. J'aurais aimé trouver quelque chose à dire, un truc original, trop ceci ou pas assez cela. En fait, il n'y a rien à dire. C'est du vin. Un liquide pas assez prétentieux pour se passer d'une assiette bien garnie. Un jour j'ai entendu un maître queux dire que la cuisine italienne était la seconde du monde, parce que c'est la seconde cuisine au monde qui comprend le vin comme un aliment.

Qu'est-ce que Dario pouvait bien avoir dans la tête pour venir traîner ses souliers vernis dans cette ornière ?

— Alors, qu'est-ce qu'il en dit, hein ?

*

Trois jours où j'ai traîné et fouiné dans les terres et dans la ville, chez les gens, à la recherche d'une intuition. Le notaire qui m'a souhaité bon courage après avoir passé en revue le plus petit alinéa des actes de propriété. L'adjoint du maire aussi, le petit monde de Sora qui ne m'apprend rien. Deux nouvelles tentatives de Porteglia où je me suis amusé à doubler la somme. Avec ça je pourrais retourner à Paris et m'offrir deux ans de vacances. Dario, lui, voulait prendre sa retraite à trente ans, grâce à ce terrain. Giacomo travaille dur pour la prochaine vendange ; avec ses deux ouvriers, ils coupent les feuilles qui font de l'ombre aux grappes et épargnent celles qui protègeraient de la pluie. Mais il ne pleuvra pas, cette année. La récolte sera bonne. Des heures durant j'ai arpenté le terrain sans oublier la moindre parcelle, j'ai même remué la terre par endroits, au hasard, pour y débusquer le trésor. Espoir stupide. Mais défoulant. Plus le temps passe et plus j'ai le sentiment qu'il n'y a rien à trouver. Ici, il n'y a que du travail, rien que du travail, et Dario l'a toujours fui. Hier soir, à bout de force, je suis allé me plaindre au vrai patron des terres : Sant'Angelo lui-même. Et si le trésor n'était pas enfoui, mais bel et bien au vu et su de tous, depuis un siècle, comme la statue ou la chapelle ? Peine perdue, la chapelle menace de s'écrouler d'un instant à l'autre et le socle de la statue est vide. Quant à Sant'Angelo lui-même, un gosse aurait déjà pu le fourguer au marché sans inquiéter personne. Dans la chapelle, j'ai pourtant repéré une chose étrange, des fissures qui semblent avoir été faites volontairement par endroits. A d'autres, elles semblent avoir été rafistolées à l'aide de tasseaux et de madriers cloués dans la charpente. Les gens du coin me prennent pour un fou. Mon père me manque de plus en plus. Parfois, j'ai l'impression d'être au front, en pays étranger, sans pourtant jamais voir l'ennemi.

...On nous a débarqués dans le port de Durrës pour faire la route jusqu'à Tirana, la capitale. Là-bas j'ai vu des fascistes, ça on était habitués, mais j'ai eu la trouille en voyant aussi des Allemands, des vrais Allemands, jusqu'à ce qu'on nous dise que ces gars-là étaient nos alliés. Nos alliés ? Eux ? Et bien d'autres conneries comme ça, comme de nous prétendre que l'Albanie était sous notre dépendance depuis 39. Et alors ? Qu'est-ce qu'on en avait à foutre, nous ? On nous a affectés dans ce qu'ils appelaient une base

aérienne et pendant quatre mois on est restés à rien foutre qu'à regarder le ciel avec des jumelles, et la nuit on essayait de les repérer à l'oreille, en jouant aux cartes. Si des fois le bruit était suspect, on passait un coup de fil à la mitraillette, mais celle-là, on l'a jamais entendu tirer. Et c'est tout. Un ennemi ? Non, pas d'ennemi. Personne. Mon compère et moi on a commencé à penser qu'ici on n'avait pas besoin de nous. Un jour on nous a dit qu'il y avait quelque chose à défendre. C'était quoi ? Un puits de pétrole. Oui... 10 soldats autour d'un puits, pendant un an et demi. Que personne a jamais voulu attaquer. On était en 43, et on nous racontait qu'il se passait des choses terribles en Europe, on craignait pour les nôtres, et nous, on a dormi plus de dix-huit mois autour d'un puits. La guerre était à pas moins de 500 kilomètres de notre puits... 500... Une fois on m'a accordé 15 jours de permission. Le Compare m'a dit : refuse-la, tu vas prendre plus de risques à rentrer que nous à rester ici. Et il avait raison. 15 jours à Sora, et quatre mois entiers pour faire l'aller-retour. En Albanie, j'ai cru qu'on m'avait porté déserteur. Tu parles... Personne s'était aperçu de rien... Et comme un con je me suis retrouvé là au milieu de tous ces endormis quand j'aurais pu rester au pays, et déserter pour de bon. Le Compare, lui, il m'attendait les larmes aux yeux. Je lui ai demandé : vous avez vu des ennemis pendant ces quatre mois ? Il a répondu non, et je suis allé m'allonger.

Bianca m'a attendu pour dîner. Sans le dire, bien sûr.

— Penne all'arrabbiata ?

Oui ! j'ai répondu, affamé. Les pennes sont des macaronis courts et taillés en biseau. Avec une sauce « à l'enragée », parce qu'exécutée à toute vitesse et relevée au piment.

— Quant ma mère fait une sauce, ça prend bien trois heures, dis-je.

— Normal. La vraie sauce tomate, c'est moins de dix minutes, ou alors plus de deux heures, parce qu'entre les deux on a toute l'acidité de la tomate qui apparaît. Demain je ferai des cannellonis, si vous voulez, Antonio…

Elle rougit un peu d'avoir dit ça, et moi, je ne sais plus où me mettre. Sur la table il y a une énorme bassine de lupins qui gonflent. J'en goûte quelques-uns.

— Vous allumez la télé, s'il vous plaît, Antonio ?

Elle ne peut pas s'en passer. Je crains que sa connaissance du monde ne s'arrête à cette boîte à images.

— A cette heure-ci, il y a rien de bien, mais ça m'aide à faire la cuisine.

— Pardon ?

— Bien sûr… Tenez, je vais vous apprendre à faire une sauce à l'arrabbiata. Il est 19 h 45. Mettez la R.A.I.

Un jingle qui annonce une série de publicités.

— Mettez votre eau à bouillir, et au même moment, faites revenir une gousse d'ail entière dans une poêle bien chaude sur le feu d'à-côté, jusqu'à la fin des pubs.

L'odeur de l'ail frémissant arrive jusqu'à moi. Les pubs se terminent. Elle me demande de zapper sur la

Cinq, où un gars devant une carte de l'Italie nous prévoit 35° pour demain.

— Dès qu'il commence la météo vous pouvez enlever la gousse de l'huile. On en a plus besoin, l'huile a pris tout son goût. Jetez vos tomates pelées dans la poêle. Quand il a terminé la météo, l'eau bout, vous y jetez les pennes. Mettez la Quatre.

Un présentateur de jeux, du public, des hôtesses, des dés géants, des chiffres qui s'allument, des candidats excités.

— Quand ils donnent le résultat du tirage au sort, vous pouvez tourner un peu la sauce, et rajouter une petite boîte de concentré de tomates, juste pour donner un peu de couleur, deux petits piments, pas plus, laissez le feu bien fort, évitez de couvrir, ça va gicler partout mais on dit qu'une sauce all'arrabbiata est réussie quand la cuisine est constellée de rouge. Passez sur la Deux.

Un feuilleton brésilien tourné en vidéo, deux amants compassés s'engueulent dans un living.

— A la fin de l'épisode ce sera le journal télévisé, et on pourra passer à table. La sauce et les pâtes seront prêts exactement en même temps. Quinze minutes. Vous avez retenu ?

Sans m'en apercevoir, un petit monticule d'écorces de lupins s'est formé devant moi. D'un geste nerveux j'en avale encore quelques-uns. Rien de pire pour émousser la faim, ces trucs-là.

— Méfiez-vous de la malédiction des lupins, Antonio ! On dit que le Christ, poursuivi par les Pharisiens, s'est réfugié dans un champ de lupins. Mais quand on secoue une branche de lupins, ça fait comme un bruit de carillon, et les Pharisiens l'ont retrouvé tout de suite. Alors il a dit : que celui qui goûte une seule de ces graines ne puisse plus jamais se rassasier. Mangez plutôt des olives.

Je la trouve de plus en plus adorable, avec sa cuisine, ses recettes et ses contes et légendes.

— Les olives, c'est pareil, j'ai fait.

— Justement non. Car le Christ s'est réfugié un jour dans un champ d'oliviers, mais comme le tronc de l'olivier est creux, personne ne l'a retrouvé, et il a béni l'olivier.

Si tout ceci est vrai, je la demande en fiançailles, et si tout est faux je l'épouse. N'empêche que je ne pensais pas que le Christ était aussi trouillard.

— Pas mal, votre recette, mais je n'ai pas la télé.

— Alors mangez des pois chiches.

Les pâtes brûlantes sont arrivées dans mon assiette. Un délice qui enflamme le palais. Je me suis toujours méfié des filles qui savaient faire la cuisine.

— Dites, vous avez quel âge, Bianca ?

— Je suis de 61.

— Je ne vous crois pas. Quel mois ?

— Septembre.

— ... Vraiment... ? Quel jour ?

— Le premier. J'en suis très fière. Et si vous voulez encore plus de précision, à trois heures de l'après-midi.

Incroyable... Je suis son aîné de quatre petites heures. A peine le temps de s'habituer au bruit du monde. La coïncidence me trouble au point que désormais je regarde mon hôtesse autrement. Premier septembre ?

Nos histoires pourtant si différentes se sont déjà mêlées tant de fois. Elle ici, moi là-bas, et tous les rendez-vous de l'enfance, les étapes, les espoirs, jusqu'à l'éclosion de l'adulte. Comme si nous avions tout vécu à rebours pour nous retrouver là ce soir. Si j'étais né ici, à deux rues de chez elle, nous nous serions sans doute croisés des milliers de fois sans jamais nous parler vraiment.

Un délicieux silence entretenu par des regards timides s'est installé entre nous. Je me suis fait le serment de la prendre dans mes bras avant de retourner en France. Mais ce soir, le courage m'a manqué. Bien vite je l'ai abandonnée devant des assiettes vides. Les yeux gonflés de solitude.

Un rôdeur. Moi. La nuit. J'aime mieux ce rôle que celui du patron. Ce soir j'ai la ferme intention de me recueillir, en tête-à-tête, avec cet Ange au regard dur. Il me dira peut-être ce qui cloche ici-bas.

Le ciel du jour est noir, celui de la nuit aussi
Que c'est triste de voir tout en noir...

Cette fois, l'aveugle n'a pas réussi à me surprendre. Je savais bien qu'il reviendrait. Sa chanson l'a trahi. On dit que les aveugles ont une bonne oreille. Peut-être, mais à jeun. Fin saouls, ils sont comme les autres, abrutis, gueulards et seuls au monde. Je m'approche du fût vers lequel il a élu domicile pour la nuit. Falstaff au regard mort.

Etalé, le ventre gonflé comme une outre, il s'est figé un instant quand il a senti ma présence. J'ai réussi à voir ses yeux. Il a promené son regard nu alentour, et j'ai cru qu'il tâtonnerait longtemps à terre pour trouver ses lunettes, mais en un rien de temps elles ont regagné son nez. Je me suis approché tout près de lui dans le plus grand silence. Il n'a pas tardé à repiquer dans sa jarre de vin. Le tourbillon qu'il a dans la tête l'empêcherait de repérer un bataillon de fêtards.

Je me suis approché le plus près possible, pour l'épier, pour le dominer, comme un guerrier voyant se traîner à ses pieds un écorché sur le champ de bataille. Il a vidé une bouteille en chantant encore.

Un jour un homme est venu
Il m'a promis de l'or
Et il est mort

Puis l'a jetée en l'air, d'un coup sec, et j'ai failli la recevoir en pleine gueule. Si je ne l'avais pas esquivée j'aurais un œil en moins, à l'heure qu'il est. En un sens, ça m'aurait appris à être voyeur.

— C'était qui, cet homme ? j'ai crié, pour qu'il sursaute.

Comme un lombric mal écrasé il a roulé sur lui-même et s'est entortillé contre un arbre. Après quelques secondes de trouille et de grognements d'ivrogne, il m'a demandé de ne pas le battre.

— Je sais qui vous êtes ! Le Français ! Vous parlez comme le Français !

— C'était qui, cet homme qui vous a promis de l'or ?

— Je ne boirai plus jamais votre vin, c'est juré, ne me battez pas !

J'ai saisi l'écuelle qui traînait dans le coin, l'ai remplie et me suis approché de lui, doucement.

— Vous pouvez boire tout le vin qu'il y a ici, je m'en fous. C'est le patron qui vous le dit, buvez, allez...

Habitué à être dérouillé dès qu'il met les pieds ici, il ne me croit pas.

— Buvez ! j'ai dit, comme un ordre.

Il s'est exécuté dans l'instant, je ne pense pas qu'il ait pris ça comme un geste de bienvenue, et il a eu raison. J'ai seulement pensé que plus il serait ivre et plus j'aurais de chance de lui faire cracher un indice, une idée sur ce quelque chose de pourri dans mon royaume.

— C'était qui, cet homme riche... ?

— Qu'est-ce que vous cherchez sur cette terre... ? Qu'est-ce que vous voulez, les Français, vous n'êtes pas chez vous...

Il a continué à boire sans qu'on le force. Quand il a dit « les Français » j'ai senti que j'étais sur une bonne piste. Sa chanson m'avait intrigué dès la première fois. La sommaire histoire de sa vie. Une litanie ressassée comme un remords. A nouveau je lui ai posé la question sur l'homme et ses promesses d'or.

— C'était un Français, comme moi ?

Dès qu'il a hoché la tête, mon cœur s'est emballé.

— Il était mon ami, vous savez... Il vous avait promis de l'argent ?

— Trop d'argent... Et autre chose encore, de

mieux... Ne me faites pas penser à ça, s'il vous plaît, donnez-moi du vin, il était la chance de ma vie...

— Qu'est-ce qu'il voulait ? Dites-le !

— Je veux du vin...

Il s'est mis à pleurer et tout à coup je l'ai senti proche de l'aveu, avec pourtant la sale impression qu'il ne dirait plus un seul mot de toute la nuit, malgré l'alcool, malgré les larmes. Et ça, il n'en était plus question. De haine, j'ai crispé le poing. Sa peur des coups m'est revenue en mémoire. En serrant les dents je l'ai frappé au visage du revers de la main. Une autre pulsion de rage m'est montée à la gorge et de toutes mes forces j'ai voulu le gifler à nouveau, mais cette fois, par un extraordinaire réflexe, il a su esquiver la tête au bon moment. Et ma main s'est écrasée sur l'arbre.

Aux premières lueurs du jour, l'aveugle s'est endormi.

Toute ma vie je me souviendrai de cette nuit-là.

J'y ai vu un homme aller jusqu'au bout de l'ivrognerie, un être tout en feu, brûlant du désir de pouvoir enfin tout dire, de lui et du monde, en ravivant la flamme à grandes rasades d'alcool. J'y ai entendu la voix d'un être poussant la révélation jusqu'à faire péter les plus ultimes barrières du secret, jusqu'à l'apothéose. On ne peut pas assister à tout ça en tendant simplement l'oreille. Personne n'aurait résisté, pas même un prêtre. Et, dans le cas présent, surtout pas un prêtre. N'y tenant plus, je me suis mis à boire aussi, pour pouvoir affronter et tenir, jusqu'au bout.

Puis il s'est écroulé dans mes bras, d'un bloc. Je ne savais pas qu'un être humain avait autant de ressources quand il s'agit de se raconter. Je me suis levé pour regagner la pension, et tout oublier. La tête me tournait de tant de paroles et de mauvais vin. Dans la terre humide j'ai cru m'enliser et sombrer sans que personne ne le sache jamais. Pour ne pas vomir j'ai crispé les poings, des images informes m'ont assailli l'esprit, l'ivresse m'a rappelé mon père, tout s'est mélangé, ma vie et la sienne, comme si j'avais besoin de me raccrocher à ses souvenirs pour ne pas sombrer.

... En novembre 43, tout a basculé. On nous a réunis au bas d'une colline pour nous annoncer un truc important. En tout, 70 000 soldats, inquiets à l'idée de se retrouver là, tous ensemble. Des fascistes et des Allemands étaient là aussi. C'est là qu'un officier a pris la parole, en haut de la colline. Il a dit : l'armistice avec les Grecs est signé ! *On a fini par prendre ça plutôt comme une bonne nouvelle, jusqu'à ce qu'il ajoute :* Sauve qui peut ! *Au début on a pas bien compris ce qu'il voulait dire, mais quand on a vu surgir des mitraillettes de derrière la colline on s'est posé la question. Quand ils ont commencé à nous tirer dessus, on a remis les explications à plus tard. Deux ans dans ce pays, pas un seul ennemi, pas une seule bataille, et fallait que ce soit des Italiens qui nous tirent comme des lapins. N'empêche que, le pire dans tout ça, tu me croiras jamais... C'est triste à dire, mais on s'est senti comme des orphelins. Je vois pas d'autre mot. L'Etat italien s'était retiré de toute cette histoire et nous laissait là. C'était comme si le père de famille quittait la maison et abandonnait les petits. Exactement pareil. Exactement... On était libres, démobilisés, et à partir de là, ça a été encore pire qu'avant. On a essayé de rejoindre des ports mais on savait bien qu'aucun bateau nous attendait pour nous ramener. Les fascistes et les Allemands continuaient le combat, j'ai jamais su lequel, mais nous, on avait le droit de*

rentrer. Mais on pouvait pas. On a rencontré des partisans albanais, pour la première fois. On a parlé dans leur langue. On a presque sympathisé. Je leur ai donné mon fusil, parce que eux savaient quoi en faire, ils disaient. Et j'ai bien fait, parce que si j'avais hésité, je serais peut-être pas ici à te raconter ça. On avait plus d'uniforme. C'était l'hiver.

En titubant j'ai rejoint le sentier, et j'ai marché comme j'ai pu, comme l'aveugle, mais sans son adresse ni sa fourberie. J'ai chancelé d'arbre en arbre, pendant longtemps, persuadé d'avoir fait le gros du chemin, quand quelques dizaines de mètres à peine étaient parcourus. Un instant j'ai cru ne jamais y parvenir et que malgré tous mes efforts je tomberais là, dans le fossé, en attendant que quelqu'un m'en sorte.

Je n'ai pas eu à attendre longtemps.

Malgré mes yeux mi-clos et troubles, j'ai pu apercevoir cette petite voiture presque silencieuse dévier et glisser jusqu'à moi avec une incroyable lenteur. Elle m'a cogné les jambes et je suis tombé sur le capot où j'ai tenté de me raccrocher. Je n'ai pas senti le moindre choc, la voiture s'est arrêtée, et je n'ai pas eu la force de me dresser sur mes jambes pour regagner le sol. Dans le tourbillon de mon crâne j'ai pourtant réalisé que le but du jeu n'était pas de me faire passer sous les roues.

Une silhouette est apparue. J'ai vomi sur le pare-brise.

— Il aurait été si facile de vous faucher et poursuivre tranquillement ma route.

La voix ne me disait trop rien. Il a fallu que je

plisse les yeux au maximum pour tenter de le reconnaître. Je sentais confusément que j'abordais la phase critique de l'ébriété, cette zone floue qui fait transition entre l'euphorie et la maladie, ce court moment où l'on donnerait tout au monde pour s'écrouler et qu'on vous foute la paix à jamais. Ce salaud m'avait cueilli juste à ce moment-là.

— Mais ce n'est pas vous que je veux, c'est votre terrain.

En même temps, l'étrange chimie qui agit entre les vapeurs d'alcool et les méandres de l'esprit fait que l'on se sent malgré tout lucide, sûrement trop. Et l'on se fout de tout, de tout ce qui pourrait arriver. Au mot « terrain », j'ai éclaté de rire. Comme je venais de le faire pour le vin j'ai vomi des flots de paroles, mais dans ma langue, cette fois, et ça m'a fait un bien fou de retrouver le français. Geindre en français, insulter en français, ricaner en français.

— Faites encore un effort, signor Polsinelli. Mon offre était sérieuse, et généreuse. Mais si vous continuez à refuser, vous n'en finirez jamais avec moi.

Porteglia. Je l'ai enfin reconnu. Je me disais bien que son masque tomberait plus rapidement que prévu.

— Va te faire foutre...

— Si jétais vous, signor...

— Va te faire foutre, je suis saoul et je t'emmerde...

Il a disparu un instant pour réapparaître en tenant un truc fin et brillant dans la main.

— De gré ou de force vous allez finir par vous en défaire, de cette vigne. Mais le temps presse, il me la faut vite. Vous en crèverez encore plus vite si vous ne me la vendez pas. J'irai jusqu'en France pour vous saigner.

Il a approché son truc de mon visage et a tracé un trait avec, sur ma joue. Une sensation piquante et un peu chaude. Quand il l'a sorti de mon arcade j'ai pu voir de quoi il s'agissait. Un coupe-chou, tout simple. Comme celui du barbier, à Rome. C'était sans doute la première fois que j'en voyais un de si près. Quand les coulées de sang ont atteint mon cou, je me suis revu chez moi, rampant à terre après les coups de feu, l'odeur de l'alcool à 90°, et tous ces fêtards sur le balcon d'en face.

— Vous refusez toujours de discuter ?

J'ai attendu un instant, avant de répondre.

— Encore moins... depuis... cette nuit...

Parce que depuis cette nuit, j'ai commencé à réaliser ce qui se tramait autour de cette terre. J'ai enfin compris qu'il ne suffisait pas de la cultiver, de la retourner, de la fouiller pour en tirer quelque chose. Il fallait, avant tout, en être le propriétaire. C'est pour ça que ce salaud ne me tuera pas, ce soir. En revanche, il sait que désormais je ne peux plus aller voir la police.

— Comprenez-moi bien, signor Polsinelli, il ne suffit pas d'avoir son nom sur un bout de papier pour posséder ce terrain. Les gens d'ici ne vous le pardonneront pas, regardez ce qui est arrivé à votre ami Dario. Et vous finirez comme lui, et pour les mêmes raisons...

Va fan'cullo...

Sa lame s'est posée sur mon cou.

J'ai attendu qu'il tranche.

Un instant.

Et j'ai entendu un craquement.

Porteglia s'est écroulé sur moi. Ma tête a heurté à nouveau le pare-brise, et nos deux corps ont basculé sur la route. J'ai serré les dents pour ne pas perdre conscience. Tête contre tête. La sienne ruisselait contre la mienne. Ma joue n'a pas pu se détacher de son front. Je me suis évanoui.

*

Une voûte sale et fissurée de partout. Des carrés d'herbe poussant entre les dales. Et un saint, mains en l'air, qui me regarde de haut.

Le paradis...

Encore inconscient je me suis traîné jusqu'à la statue pour la toucher et m'assurer que nous faisions, elle et moi, encore partie du monde matériel. J'ai crié, j'ai caressé le socle en pierre.

Je suis bien dans la chapelle, et Sant'Angelo a dû veiller sur moi. Il m'a maintenu en vie. Machinalement j'ai porté les mains à mon visage, puis dans le cou. Rien. Pas la moindre entaille.

— Qu'est-ce que je fous là, benedetto Sant'Angelo ? Hein ? Il faudrait que je parle en italien pour que tu daignes répondre, hein... ? Mais moi, j'en ai marre, de parler l'italien...

Dehors, l'aveugle avait disparu. Un peu plus loin, sur le sentier j'ai cherché la voiture de Porteglia en craignant de retrouver son corps gisant à proximité, et je n'ai trouvé que quelques traînées de sang à l'endroit où nous sommes tombés. Le sien, le mien, qui saura jamais ?

Pour ne pas effrayer Bianca, j'ai tourné la tête en passant dans la cuisine. Précaution inutile, elle n'était pas encore revenue du marché, je l'ai vue du haut de la fenêtre négocier la pastèque du jour. Un mot m'attendait sur la table : « de quoi manger dans le frigo et le lit est fait ». J'ai préparé mon sac en quelques secondes et foncé dans la cuisine pour griffonner à mon tour un billet. « Je pars quelques jours mais je serai de retour pour fêter le Gonfalone ». Et je suis sorti.

Quatre heures plus tard j'étais dans le car, direction la capitale. Comme pour le trajet aller, je me suis assis tout près du conducteur. Mon séjour à Rome, entre autres choses, servira aussi à oublier le spectre de la nuit qui vient de s'écouler, dormir un jour ou deux avant le grand saut, et surtout, à prouver sur le papier que Dario était aussi génial qu'il le prétendait. Il faut que je sois de retour au village pour le *Gonfalone*. Tout converge vers cette date, le 12 août. Passé ce jour, je saurai si tout cela en valait la peine. Et je retournerai chez moi, le cœur heureux d'avoir au moins essayé de prolonger le rêve d'un copain d'enfance.

Au passage je jette un œil vers le Colisée puis vers le monument de Victor Emmanuel. Les romains appellent le premier « le camembert » et le second « la machine à écrire ». Même si chacun ressemble à son surnom, je ne suis pas sûr que beaucoup de Romains aient approché de près un camembert. Par réflexe je me suis arrêté aux abords de la gare pour y chercher une chambre, et ça n'a pas traîné. Il m'a suffi d'entrer dans le premier restaurant venu pour qu'un serveur me donne l'adresse de la meilleure pension avec les meilleurs lits et la meilleure eau chaude de tout le quartier, et comme si je n'avais pas encore compris, il m'a conseillé de venir de sa part. Au passage il a ajouté qu'il servait les meilleures tagliatelles de la rue.

Quelques heures plus tard, je me suis réveillé dans un lit *matrimoniale* où des jeunes mariés auraient pu tenir avec les témoins, ça m'a coûté 10 000 lires de plus mais je ne regrette pas. Le patron est un grand barbu d'une cinquantaine d'années, aimable et qui n'est pas contre un petit brin de causette avec les clients quand il s'agit de parler de sa ville chérie. Tout en préparant le déjeuner.

— Combien de temps vous restez chez nous ?

— Je dois être de retour le 11 au matin.

Il sort un spaghetti de l'eau bouillante, l'inspecte sans le goûter, le rejette dans l'eau et éteint le feu.

— Seulement trois jours... ? Vous savez combien il en a fallu pour construire Rome ?

— Elle ne s'est pas faite en un seul, tout le monde sait ça. Alors comment se fait-il qu'il n'a fallu qu'une nuit pour la brûler ?

— Pensez-vous... Ce sont des ragots ! dit-il en secouant l'écumoire.

— Vous ne les goûtez pas avant de servir ?

— Moi, jamais, mais chacun sa méthode. Je le

regarde, et ça suffit. Mais je peux vous prouver qu'elles sont à point, mieux encore que si vous goûtiez.

Il saisit un spaghetti et le jette contre le mur.

— Tenez, regardez. S'il était cru il ne s'accrocherait pas, et s'il était trop cuit, il glisserait. Ici on peut avoir une cuisson parfaite parce qu'on est au niveau de la mer.

— Comment ça ?

— Vous ne savez pas qu'on ne fait pas les mêmes pâtes à la mer et la montagne ? En altitude, l'eau n'atteint pas cent degrés, le bouillon est trop faible, alors il est impossible de faire cuire une pâte fine, parce qu'on doit la saisir très vite dans une ébullition maximale, sinon ça devient de la colle. Ça explique bien des choses sur les spécialités régionales. Ah... ici, vous êtes bien tombé ! Je sais tout, tout, tout ! Il ne faut absolument pas rater le plafond de Sainte-Cécile, tout près du Panthéon, et si vous êtes dans ce coin profitez-en pour...

— Je n'aurai pas le temps, je pense.

— Qu'est-ce que vous êtes venu chercher, alors ? Les restaurants ? Les petites Romaines ?

— Les bibliothèques.

— Prego... ?

— Je dois prendre des renseignements dans les bibliothèques, vous en connaissez ?

Il a hésité un instant puis s'est retourné vers le couloir en gueulant fort :

— Alfredo... ! Alfredo... ! Ma dove sei, ammazza... ! Alfredo... !

Un jeune garçon d'environ quinze ans a déboulé dans le couloir.

— C'est pour toi, a dit le père. Un intellectuel...

Le syndicat d'initiative n'aurait pas mieux fait, le petit Alfredo a tout de suite cerné ce dont j'avais besoin et m'a conseillé les deux endroits où je trouverais mon bonheur, ainsi que l'adresse de la librairie française « La Procure » au cas où l'italien me ferait brusquement défaut.

Deux jours durant j'ai compulsé, épluché et photocopié tous les documents qui m'intéressaient, et d'heure en heure j'ai vu le projet se construire avec l'impression que tout était déjà mis en place depuis longtemps. En fait, il me suffisait de marcher dans les traces que Dario avait bien voulu laisser. Le soir, je me suis enfermé avec mon dossier et les plans du terrain dessinés par le géomètre pour savoir si tout ce délire avait une chance de tenir debout. Pendant la nuit, après un long calcul de paramètres, j'ai esquissé des tonnes de croquis, maladroits et brouillons, pour aboutir enfin à quelque chose de clair. De lumineux. Et quand j'ai regardé cette étrange combination, tous ces rouages d'une mécanique improbable, je me suis demandé si un jour j'aurais droit au repos éternel. Après tout, c'est peut-être à cause de ça qu'on a puni Dario, le châtiment venait de plus haut, faut croire. Comment un plan pareil a pu germer dans une aussi petite tête ? A croire que les feignants ont du génie quand il s'agit de faire travailler les autres, et pas seulement des humains.

Tu ne m'as jamais autant manqué qu'aujourd'hui, Dario... J'ai la trouille, et c'est de ta faute. Je cours peut-être au désastre en essayant que ton plan te survive. Ça ne peut pas marcher, ton truc. C'est impensable... C'est débile, tu piges ? Pour tes petites arnaques de quartier, tes entourloupes à trois sous, t'étais le meilleur, mais ça, c'est trop gros pour toi. Pour nous. Merci du cadeau. Et je ne parle pas de la vigne mais de la boîte de Pandore qui va avec, et que je vais avoir la connerie d'ouvrir bientôt. Je suis sûr que t'es là, pas loin, et que tu te marres en regardant tout ce petit monde s'agiter. Demain tu seras aux premières loges. Tu vas l'avoir, ta vendetta, et ensuite je viendrai t'engueuler sur place, si tout ça tourne au vinaigre.

— Vous ne pouvez pas prolonger un peu, juste deux ou trois jours ? Vous n'allez pas partir sans avoir vu Saint-Paul hors les murs, Saint-Pierre aux Liens et sa statue de Moïse par Michel-Angelo, et...

Le papa d'Alfredo y met tout son cœur ; je commets un sacrilège en partant si vite, mais je lui ai promis de revenir.

— Vraiment je ne peux pas, et le seul saint qui m'intéresse, n'intéresse pas grand monde.

— Lequel ?

— Sant'Angelo.

Là, un grand silence...

— Il n'est plus coté à l'argus du Vatican, j'ai fait.

— Vous êtes sûr qu'il est de chez nous... ?

— Oh ça... C'est le plus italien des canonisés. Le plus italien du monde.

Surpris, il a haussé les épaules.

— Et pourquoi ça... ?

Je savais quoi répondre, mais j'ai préféré la boucler.

*

Vendredi 11 août, 16 h 30.

Plus qu'une demi-heure de car et je serai de retour au bled. Durant le trajet j'ai travaillé mes croquis, je les ai griffonnés encore et encore. J'ai envie de revoir Bianca. En essayant de m'assoupir, je n'ai pas pu refouler des images dont je n'étais pas, une fois encore, le seul metteur en scène.

... *De novembre à janvier 44, on s'est retrouvés à cinq dans la neige, on a fabriqué une baraque dans les montagnes, j'ai trouvé un couteau pour faire des paniers pour faire du troc avec les fermiers albanais contre une poignée de maïs et des haricots, que le Compare, qui savait rien foutre que cuisiner, nous servait le soir. Trois cuillerées par tête, en gardant au coin de l'œil les cuillerées trop pleines des autres. Pas de sel, quand on en trouvait, on en mettait une pincée sur la langue avant de manger. On était sales et miteux, j'avais un gros tricot de corps avec un pou dans chaque maille. Je le savais bien qu'on était pas des envahisseurs. Trois mois à chercher des renseignements, à écouter les rumeurs sur les bateaux en partance pour chez nous. J'ai fini mendiant. Une nuit je suis parti pour rejoindre un hôpital militaire dont j'avais entendu parler. Presque cent kilomètres. J'y suis arrivé mort de fatigue et de faim. Là-bas on m'a dit que j'avais deux bras et deux jambes, et ils m'ont requisitionné pour enterrer les cadavres pour éviter que les chiens les bouffent. J'en ai mis un sous terre, avec son nom et son matricule dans une bouteille attachée à son cou. Après tout, je me suis senti pas si mal que ça, et je suis retourné vers les autres. C'est là que le Compare m'a fait jurer de ne plus l'abandonner.*

Sora, terminus. Sur la place on pend des banderoles bleues pour le départ du cortège de demain. L'aveugle, pour mettre de l'ambiance, crie « Plus haut ! Plus haut ! » en agitant sa canne en l'air, et tout le monde se marre. Des gosses déjà excités par la fête courent en brandissant des fanions bleus et jaunes, les couleurs de la ville. Des Romains tout spécialement venus pour le Gonfalone descendent du car avec moi. Je file direct chez Bianca, elle discute avec de nouveaux clients venus des régions limitrophes. La pension sera bourrée, ce soir. Elle s'interrompt en me voyant.

— Tu as de la chance. J'aurais pu louer ta chambre dix fois.

Des mômes qui chahutent dans la cuisine, un biberon qui chauffe, des couples qui s'installent.

— Heureusement qu'il y'a qu'un Gonfalone par an, ammazza... Les petits vont me casser la télé.

Quand elle a parlé de sa télé, ça m'a rappelé cette émission dont j'ai appris l'existence à Rome. Une chronique comme il ne peut y en avoir qu'en Italie. Si je parviens à me frayer un chemin parmi ce tapis de marmaille agglutinée autour d'un dessin animé à la con, j'ai une chance de ne pas la rater. Bianca s'est fait un plaisir de zapper sur R.A.I. Uno pour me venir en aide, et affirmer du même coup son omnipotence sur la petite lucarne.

Onze heures du soir. La ville s'est calmée et le bon peuple prend des forces avant les joutes de demain. Qu'il dorme en paix, il aura besoin d'ouvrir grand les yeux.

J'ai minuté combien de temps il me fallait pour rejoindre la vigne, à pas lents. L'aveugle m'attend, comme prévu, à l'endroit où nous nous sommes quittés la dernière fois. Ce pochard connait le terrain mieux que personne ne le connaîtra jamais. Il ne comprend rien à ce que je lui raconte sur la fin de cette nuit-là. Qu'on m'ait agressé ne l'étonne pas trop, mais il m'a juré sur la tête de Sant'Angelo qu'il avait totalement perdu connaissance.

— Te laisse pas impressionner, patron... Demain, on pourra plus rien faire contre toi.

Dois-je le croire. Demain sera peut-être le début d'un autre cauchemar. En attendant, il faut mettre en place, et l'aveugle est prêt à tout pour m'aider. Nous restons là une bonne heure pour repasser tout le plan, en répétant mille fois les étapes de l'opération, à commencer par le raccourci qui mène aux vignes par les champs de blé sans emprunter le sentier. Dans la chapelle, je braque le faisceau sur le visage du saint avec ma lampe torche et sors la bombe aérosol achetée à Rome.

— T'inquiète pas, va... C'est pour ton bien.

Je recouvre entièrement le bois rongé de la statue avec le produit transparent. L'odeur est immonde, mais on m'a assuré qu'elle s'estompera en quelques heures. Je regarde à nouveau le visage du Protecteur. Avant de le quitter je lui tapote la joue.

— A toi de jouer ! lui dis-je.

L'aveugle se retourne.

— A qui tu parles ? A lui ? T'es devenu fou, patron... ?

— Le patron c'est pas moi. C'est lui.

Avant de sortir j'admire une dernière fois la façon dont la charpente de la chapelle a été retravaillée par Dario, la vraie fissure habilement creusée parmi les fausses, les zones replâtrées et les zones mises à nues, les poutres retenues par des tasseaux fragiles. A priori, c'est encore mieux pensé que les projets des architectes qui me font bosser. On verra bien.

Nous allons boire une petite rasade de vinasse. Lui pour fêter on ne sait quoi, moi pour me donner du courage. On en profite pour régler les derniers détails de notre équipée débile. Il me parle de deux ou trois petites choses auxquelles je n'avais pas pensé. Dario, lui, y avait mûrement réfléchi. Des astuces simples mais qui consolident l'ensemble, comme le seau de vin qu'il faut remplir dès ce soir pour gagner du temps et poser tout près de la statue. J'espère que le défunt copain a pensé à tout. Il aura fallu qu'il crève pour que je m'aperçoive de son talent.

— Nous, en Italie, on a beaucoup de défauts, mais y'a une chose qui nous sauve, dit-il. On est des débrouillards. Bordéliques, c'est vrai. Mal organisés, d'accord. Mais on sait improviser. Improviser ! Dario avait ça, et toi aussi, Antonio.

Je ne suis pas sûr que ce soit un compliment.

— Il faut que je rentre à Sora. Tu va dormir où ?

— T'inquiète pas pour moi, patron.

Nous restons silencieux, un moment. Quand je pense à lui, c'est « l'aveugle » qui me vient, et je ne connais même pas son prénom.

— Comment tu t'appelles ?

— Marcello. Mais personne me l'a jamais demandé.

— Qu'est-ce que tu vas faire, après... ?

— Ah ça... Je vais vivre. Et je m'acheterai un arc-en-ciel...

Une dernière fois je me suis promené sur les terres avant de rejoindre le sentier. C'est le chemin qu'empruntait mon père pour emmener balader ses dindons. Pas loin de la ferme parentale qui aujourd'hui n'existe plus.

... *Un jour, on en a eu marre de tourner en rond, de s'emmerder la vie et de rien bouffer, avec le Compare. Alors, pendant plus d'une année, on a travaillé la terre des Albanais qui voulaient nous embaucher. C'est con de travailler la terre d'un autre pays quand la sienne est en friche. Le maïs, les choux. Les plantations de tabac, aussi. Un vrai bonheur, ce tabac. Le seul réconfort qu'on avait. La nuit, en cachette des patrons je faisais cuire les feuilles, mais le problème, c'était le papier. Un jour j'ai trouvé un livre écrit en grec, j'aurais bien aimé savoir de quoi il parlait, et je l'ai découpé en lamelles pour rouler les cigarettes, le bouquin m'a fait quinze mois. Le seul livre que j'aie eu en main de toute ma vie je l'ai fumé.*

La viande, y'en avait, des lièvres, et des sangliers, mais les Albanais n'y touchaient pas, c'était une question de religions, ils disaient. Il fallait qu'on allume des feux la nuit pour les éloigner des récoltes, les sangliers. Les éloigner au lieu de les bouffer ! Un jour, j'ai expliqué à une bande de gosses que le lièvre avait un bon goût. Peut-être que s'ils mangent du lièvre aujourd'hui, là-bas, c'est un peu grâce à moi.

Bianca fait semblant de regarder l'écran. En fait, elle m'attend. Je l'ai compris à son sourire caché quand j'entre dans la pièce, au simple fait qu'elle soit encore là après une telle journée de travail, et surtout à sa tenue, naïve et émouvante. Elle est habillée entre dimanche et réveillon, entre noir et blanc, entre sage et coquin. Avec pas mal de rouge à lèvres.

Elle sort deux glaces du congélateur et les dispose sur un plateau près du canapé. Sorbet melon et mûres.

— Raconte-moi un peu Paris...

— Bah... c'est pas grand-chose.

Je dis ça pour ne pas la brusquer, tout en pensant le contraire.

Le volume de la télé m'empêche de réfléchir, je zappe et stationne sur un film en noir et blanc, une sorte de mélo qui repose les yeux et les oreilles. Ensuite j'ai posé le plateau à terre et l'ai prise dans mes bras pour échanger un baiser au melon et mûres. Mes lèvres sont venues rafraîchir son cou.

Elle n'a pas voulu que je la déshabille et s'est glissée dans le lit la première. J'ai aimé la pénombre qui a gommé toute la rusticité du décor, j'ai attendu que son corps ait quitté ses oripeaux d'une autre époque. En affleurant sa nudité drapée de blanc, j'ai quitté la ville et le pays tout entier pour me retrouver ailleurs, dans un rêve brut, presque familier, une sorte de chez moi, là où tout redevient simple. Et pourtant, à mesure que nos corps se pressaient et se choquaient dans le noir, j'ai deviné des regards, des gestes ébauchés, des phrases muettes, des attentes qui se frôlent, des aventures fugaces et des désirs en souffrance. De son côté comme du mien.

Longtemps après elle m'a dit, en riant :

— Même si tu ne veux pas, même quand tu te tais, tu me parles de Paris, Antonio.

Les va-et-vient dans le couloir, les petits gloussements des gosses qui chahutent, et pour finir, le réveil quasi-militaire de Bianca quand elle a toqué à la porte. Tout ça a contribué à me faire ouvrir les yeux.

— J'ai attendu le dernier moment pour te lever du lit. Tu vas louper le départ.

— Tu viens à la fête, Bianca ?

— Je dois m'occuper de mes vieux, et des amis m'ont laissé un bébé. Il paraît qu'une équipe de la télé locale va venir filmer les jeux. Je ne louperai pas tout.

Sans me presser, je prends une douche, un café, je regarde la place par la fenêtre de la cuisine. Tout le village est déjà là, bourdonnant, hommes, femmes, enfants, et tutti quanti. Bianca sera sûrement la seule à veiller sur Sora. Il n'y aura rien à garder, d'ailleurs, les marlous et les voleurs seront aussi de la fête. Mon père m'en parlait souvent, du *Gonfalone*. Les cinq villages se réunissent, chacun sous ses couleurs, comme des tribus indiennes qui, une fois l'an, décident de se regrouper dans une même nation. Le cortège marche pendant presqu'une heure pour arriver au carrefour des cinq villes. Là, tout est aménagé, un ring géant où les hommes recrutés pour les jeux produiront des efforts insensés pour faire triompher leur drapeau. Tir à la corde, bras de fers et autres prouesses musculaires. Tout autour, des stands, des tables, une foire gigantesque, une kermesse à tout casser jusqu'à la nuit. Et quand le village vainqueur est désigné et fêté, on oublie tout, les couleurs, les villages, les drapeaux, les jeux. Ne restent que des milliers d'individus, ivres de tout, prêts à veiller jusque très tard.

La foule grossit à vue d'œil, et le maire, porte-voix en main, souhaite la bienvenue à tous. Je m'habille en pressant le mouvement pour ne pas louper le départ. Je me fonds dans une grappe de gens et cherche un peu partout où Marcello a bien pu se fourrer. J'entends son chant écorché à quelques mètres de là, il gratouille son banjo et interprète à la cantonnade un vieux standard local qui fait la joie de son entourage. Ses lunettes noires me terrifient toujours autant. Mais après tout, mettre de l'ambiance, c'est son job. Le maire donne le coup d'envoi, je me retrouve coincé entre deux dames chargées de paniers. Devant, je vois Mangini discuter avec des gens, il se retourne et me salue. Marcello est guidé au bras par un jeune type qui reprend sa chanson en canon.

J'ai peur.

Il serait encore temps de mettre fin à cette farce.

Sans m'en rendre compte, je traîne le pas. Le cordon qui me suit me pousse gentiment, comme pour m'assurer qu'il est trop tard et qu'il fallait réfléchir avant. C'est seulement maintenant que je calcule les risques. Il y en a trop. Quelque chose pourrait foirer dans le plan de Dario, et là, c'est plus la taule que je risque, c'est la damnation à vie.

On s'engage sur la route qui passe près du sentier de la vigne. Nous marchons trop rapidement, je me suis trompé dans le minutage. Mon cœur se met à battre plus vite, je serre les dents. Je cherche partout la silhouette de Marcello, sans la trouver. Le jeune homme qui le guidait discute maintenant avec une fille. L'aveugle a filé en douce, comme prévu. Je regarde ma montre, dans dix minutes nous passerons à portée de ce terrain de malheur. C'est le moment ou jamais de discuter avec les autochtones. Je passe près de Mangini qui me salue à nouveau, la discussion s'engage, je n'arrive même plus à comprendre ce qu'il dit, c'est la peur, je n'entends plus rien, il sourit. Qu'est-ce que fout l'aveugle ? Je regarde ma montre trois fois de suite, les gens s'amusent, tout devient de plus en plus confus, j'ai peur.

— Vous allez rester longtemps, chez nous ?

Marcello, qu'est-ce que tu fous ? Dario, je te maudis, tout ça c'est de ta faute. La banderole bleue et jaune va passer tout près du sentier.

— Monsieur Polsinelli... ? Vous m'entendez... ?

— Hein... ?

— Je vous demandais si vous alliez rester longtemps en Italie... ?

— …

Et si je rentrais là, tout de suite ? Machine arrière, sans prendre mon sac, sans saluer personne, marcher jusqu'à la prochaine gare, attendre le train pour Rome, revoir Paris…

— Faudra venir dîner chez moi, avant de partir, hein ? Monsieur Polsinelli… ? Vous vous sentez bien… ?

Mon cœur va exploser, ma tête va exploser, je vois les premiers plants de vigne, dans deux minutes le cortège aura passé son chemin et tout sera foutu. Marcello, Dario, et toi aussi, le Saint Patron, vous m'avez lâché…

— Allez vous reposer, monsieur Polsinelli…

Lâché.

Je vais attendre un peu avant de sortir du cortège. Dans ma tête, j'en suis déjà sorti. Je ne les suis plus. J'avance comme un zombi. Fatigué.

Déçu.

M'en veux pas, Dario.

C'était une belle idée, mais celle-là aussi est déjà tombée dans l'oubli. Je voulais faire ça pour toi, pour ta mémoire. Et pour moi aussi. Et pour mon père. Il aurait tellement aimé ça. Il aime tout ce qui bouleverse l'ordre des choses. Il aurait été fier de nous, tiens…

Tout à coup on s'agite. Les gens me bousculent. Je redescends sur terre, tout près d'eux. Le cortège serpente dans tous les sens pour se disperser, comme dans un mouvement de panique. En tête, j'entends hurler des dizaines de voix.

— Fuoco ! Fuoco !

Je redresse la tête.

Le feu...

Oui, le feu... La meute sort brutalement de la route pour déferler sur mes terres, je suis happé par le mouvement. Le feu... Ils ont vu le feu... Comme si je n'y croyais pas encore j'attrape le premier venu par la manche et lui demande ce qui se passe.

— Mais regardez devant vous, porca miseria ! Regardez !

La foule hurle et se précipite vers la vigne. En me dressant sur la pointe des pieds, je peux enfin voir...

Une boule de flammes. Seule, au beau milieu des arpents. Bien ronde. Magnifique. Je n'ai rien à faire. Rester là. Ne pas bouger dans cette vague de panique. Et admirer le tourbillon des flammes.

Dans le porte-voix, au loin, on crie déjà qu'il est trop tard. Qu'on ne peut plus rien faire pour la chapelle.

Elle a flambé d'un seul coup. Quelques hommes s'agitent, tentent on ne sait quoi pour enrayer l'incendie. Mais ils baissent les bras très vite et regardent, impuissants, le ventre du brasier engloutir intégralement la masure.

Les cris cessent eux aussi et la foule entière reste debout, figée, hypnotisée par le spectacle. Le peuple de Sora laisse brûler une partie de son Histoire.

Dans quelques minutes la chapelle entière va s'effondrer. A quoi peuvent bien penser ces deux mille villageois qui se sont tous raconté l'histoire de cette bicoque, de génération en génération. Ils restent là, muets. Honteux, peut-être, pour les plus anciens. Honteux d'avoir laissé la chapelle à l'abandon. Elle était déjà morte depuis longtemps.

Soudain, les premiers craquements. Une vague rumeur s'élève dans l'assemblée. Ils attendent, émus, le cœur battant, ils veulent voir. Les flammes ont recouvert jusqu'au petit dôme. Le feu a pris en quelques secondes, il s'en est donné à cœur joie, cette chapelle ruinée, c'est une petite friandise, un bonbon qu'on lèche un instant et qu'on avale d'un trait. Aucune résistance. Au contraire, un abandon total. Une longue flamme s'élève très haut. Un craquement, à nouveau. Je reste bouche bée, les bras ballants, comme tous les autres, en attendant l'imminence.

La foule a reculé brutalement quand les murs ont commencé à ployer.

Et puis, les deux murs de côté se sont affaissés d'un coup dans un bruit sinistre, ils ont cédé et se sont écroulés vers l'extérieur, comme si on les avait tirés pour ne pas qu'ils implosent et ne s'abattent dans la masure. Le dôme a roulé loin derrière. La chapelle s'est ouverte comme une corolle et la foule a hurlé à cet instant-là.

Les murs se sont couchés et le brasier s'est répandu tout autour, juste quelques secondes, pour perdre toute son intensité.

Et puis.

Au milieu des flammes et de la fumée noire, quand tout semblait terminé...

Le Saint nous est apparu.

Droit sur son socle en pierre.
Intact.
Le regard plus mauvais que jamais.
Sant'Angelo a toisé la foule.
Une femme à mes côtés a baissé la tête et s'est masqué les yeux.
Dans les décombres qui crépitent encore, il reste là, tout entier, et pas la moindre flammèche ne s'est hasardée à venir le défier.
Son corps luit étrangement.
Dans les premiers rangs, un petit groupe d'hommes recule.
Une femme s'est évanouie, on la transporte un peu plus loin, sans le moindre cri.
A une dizaine de mètres de moi, un couple vient de s'agenouiller.
La fumée se dissipe et le brasier agonise. Le silence revient, doucement, et nous glace plus encore. Sant'Angelo, à ciel ouvert, nous nargue de sa superbe. C'est comme ça que nous le voyons, tous.
Moi aussi.
J'ai tout oublié.
Un instant, une éternité plus tard, l'un de nous a voulu rompre le silence. Un fou. Comme un pantin, il s'est avancé vers la statue, le bras en avant, et une femme près de moi a porté une main à sa poitrine. A pas lents, il est parvenu jusqu'au socle.
Sant'Angelo ruisselle et brille.
L'homme a hésité un instant, comme s'il avait eu peur de se brûler.
Puis l'a touché.

Sa main l'a caressé un instant. Incrédule, les yeux écarquillés, il s'est retourné et a dit :

— E vino...

Les chuchotements ont fusé et le mot s'est répandu jusqu'aux derniers rangs.

— E vino ! E vino... !

« C'est du vin !... » Oui, c'est du vin. Sant'Angelo ruisselle de vin, sue et pleure le vin. Son vin.

Des femmes, des enfants crient, les hommes bougent, la pression est trop forte. Celui qui a touché le saint chancelle à terre. Un autre vient le secourir.

Et puis, brusquement, un cri déchirant a couvert tout le reste. Un cri humain. Un homme.

Autour de lui, un cercle s'est formé. J'ai voulu m'approcher le plus possible en écartant les gens sur mon passage, avec violence, pour ne pas en perdre une miette. L'homme est à genoux et son râle n'en finit plus.

Il est prostré et tient ses paumes plaquées contre son visage.

Personne n'ose lui prêter main forte. La peur. Je veux voir. Voir. Il se plaint toujours et pleure comme un enfant.

C'est Marcello.

Il rampe sur ses genoux et ses coudes, vers la statue. On s'écarte sur son passage, il pleure de plus en plus fort. La voie est libre, il foule la terre boueuse et atteint enfin le socle. Des cris fusent dans l'assistance. « Lo cieco... lo cieco ! ». Oui, c'est bien l'aveugle qui souffre le martyre, au pied du saint. Il crie une dernière fois, ses mains n'ont pas quitté son visage, il tourne sur lui-même et tombe, à bout de force.

Une chape de silence total s'abat sur nous tous.

Marcello reste figé un long moment. Et, lentement, ses mains glissent sur son visage et retombent à terre.

Il relève la tête. Regarde le ciel. Puis nous regarde, nous.

Ses yeux sont grands ouverts.

Il tourne la tête vers le saint, tend le bras vers lui. Et retombe, comme mort.

Un vieil homme s'approche de lui, le secoue. Marcello le repousse d'un coup sec.

— Ne me touchez pas... Ne me touchez pas !

Je me fraye un passage jusqu'au tout premier rang. Marcello nous toise un instant, muet, et se retourne vers le saint.

— Mes yeux... ! Les yeux me brûlent... Sant'Angelo... Et je te vois...

Ses yeux pleurent et regardent la foule.

— Je vous vois... Vous tous !!!

21 heures.

En début d'après-midi, on pouvait encore les compter. La nouvelle s'est répandue en moins d'une heure dans les villages environnants et tous ceux qui auraient dû se rendre au Gonfalone se sont massés ici. Deux mille, puis trois mille, puis cinq mille âmes. Certains se sont agenouillés, d'autres gardent le silence, les mains jointes, certains commentent, racontent aux nouveaux arrivants, d'autres tournent en rond, nerveux. La fête n'a pas eu lieu, cette année. Mais personne n'y a perdu au change, on se prépare pour une nuit de veille d'un autre genre.

Sant'Angelo est de retour.

Le jour décline déjà. Les buvettes se sont transférées ici, on peut boire et manger. La télé locale était là dès midi pour mettre en boîte les premières images. Puis la R.A.I. est arrivée en début de soirée pour assurer en direct au Télégiornale de vingt heures.

J'ai gardé un œil sur un moniteur de l'équipe et l'autre sur le journaliste, en chair et en os, le micro en bataille, à cinquante mètres des décombres.

Curieusement, c'est par le petit écran que j'ai vraiment perçu la teneur réelle de l'événement, comme si tout ce qui s'est passé ici depuis n'avait été qu'un rêve informe, comme si on voyait mieux les choses quand on nous les montre. Le commentaire froid du speaker, les gros plans sur le visage du saint et sur les ruines de l'incendie, les inserts sur les gens agenouillés, les réactions des « témoins du miracle »...

Miracolo...

Il a fallu attendre longtemps avant que le mot ne soit lâché. Il fallait être un vrai pro comme ce speaker de la R.A.I. pour tenter de relater à l'Italie entière ce qui venait de se dérouler ici. Après avoir évoqué la première apparition du saint en 1886, il a tendu son micro vers un témoin en disant : « ce matin, Sant'Angelo s'est à nouveau manifesté. » Le paysan au visage transi de vérité a fait de grands gestes. « Au début on a vu une boule de feu... »

Il forme une sphère avec ses dix doigts et ouvre ses paumes. « ... La chapelle s'est coupée en deux, comme ça... comme une coque... »

J'ai une pensée fugace pour Bianca, rivée à son poste.

Un peu plus loin, une poignée d'hommes en tenue de ville discutent du côté technique de la chose. Intrigué, je m'approche. Pourquoi la voûte ne s'est-elle pas effondrée sur la sculpture, pourquoi cette fine pellicule de vin. Ils parlent tous en même temps, à voix basse, puis s'interrompent, sans raison apparente.

J'aimerais tant leur venir en aide, juste pour

frimer, leur montrer un croquis avec le dessin de la fissure qui séparait la chapelle en deux, et tous les points stratégiques de l'édifice et de la poutre maîtresse qui ont brûlé en premier pour éviter l'implosion de la masure. Mais les croquis aussi sont partis en fumée, dans le cendrier de ma chambre. Ou leur expliquer, juste pour pavoiser, le peu que j'ai appris à Rome sur les procédés d'ignifugation du bois. Mais j'ai enterré la bombe aérosol sous cinq mètres de terre, quelque part dans les vignes. Quant à ce vin qui a suinté du corps de Sant'Angelo, je pourrais aussi dire bien des choses. A commencer par tout ce que j'ai lu sur les manifestations techniques des miracles qui ont défrayé la chronique durant ces dernières années. Les portes d'églises qui brûlent spontanément, les icônes qui exsudent de l'huile d'olive, les statues du Christ et de Sainte Lucie qui pleurent, les images pieuses qui saignent, et on peut même mêler les deux, les bustes qui pleurent des larmes de sang. Alors pourquoi notre Sant'Angelo ne reviendrait-il pas parmi nous, protégé par le vin qu'il a lui-même demandé et dont tout le monde se fout, un siècle plus tard...

Mon regard fouine partout, je guette tous les types de réactions. Le prêtre de Sora, Don Nicola, est très sollicité, deux jeunes séminaristes l'accompagnent, on veut lui serrer la main, on lui demande de prendre la parole mais apparemment il n'y tient pas du tout. Le speaker de la R.A.I., hors champ, grogne quand son assitante vient lui annoncer que, définitivement, après des tentatives et des heures de pourparlers, le seul témoin qu'on a vraiment envie de voir et entendre refuse de s'exprimer. La caméra revient sur lui : « Encore sous le choc, monsieur Marcello Di Palma a préféré quitter les lieux, mais j'ai à mes côtés un de ses proches, qui a assisté à sa guérison. »

« Oh Marcello, tout le monde le connaît, c'est une figure locale, il vit de la charité depuis toujours... Ses yeux, c'est une maladie de famille, son père... bonne âme... il l'avait aussi, la maladie... Je me souviens du vieux, Marcello et moi on a le même âge, vous comprenez... et Marcello il est tombé aveugle aussi, comme le père, quand il avait douze treize ans... A peu près...

Le « proche » cherche ses mots dans un patois hermétique pour la moitié du territoire national. Tout ce qu'on sent, c'est qu'il produit des efforts prodigieux pour ne pas prononcer le mot « aveugle » en parlant de Marcello. Son histoire, à l'aveugle, je la connais déjà bien, et mieux que n'importe quel natif.

En fait, il n'a pas du tout quitté les lieux, on lui a aménagé un petit coin dans la grange pour qu'il puisse se retrouver un peu. Seuls le médecin et Don Nicola sont allés le visiter depuis son état de grâce. Dans quelques jours, c'est prévu, on lui fera passer des tests psychologiques et médicaux. Mais, qu'on le veuille ou non, il faut déjà se rendre à l'évidence. Il voit.

Le journaliste a rendu l'antenne, puis l'a reprise, un quart d'heure plus tard, et la première image sur le moniteur est un plant de vigne.

Ma vigne, à la télé...

Voix off du gars : « Nous attendons d'un instant à

l'autre le témoignage du viticulteur qui, depuis plusieurs années, produit le vin de Sant'Angelo... »

Ah oui, ce brave Giacomo... Je l'avais oublié. Je ne sais pas comment il va se débrouiller devant un micro, lui qui regarde ses pieds en parlant et qui n'ouvre la bouche que pour s'excuser.

Je continue ma promenade au milieu de ce gigantesque tableau vivant, on dirait une fresque post-apocalyptique à la Giotto. Des assis, des agenouillés, des groupes d'hommes qui parlent avec une main devant la bouche. De la terre foulée et saccagée par endroits. Un crépuscule naissant, quelques points lumineux, des bougies, ou des cierges, je ne sais pas. Et tout le reste, tout ce qu'on ne voit pas mais qui pèse lourd sur nos épaules, un silence qui vient d'en haut, le souffle glacé de l'irrationnel, le recueillement du croyant, l'attente du sceptique, la peur que quelque chose se passe à nouveau. Qui sait ? Parce que c'est la foi qui fait le miracle. Sans eux et leur désir de croire, il ne se serait rien passé.

De temps en temps, quelqu'un dans la foule me montre discrètement à son entourage. Parce que ça aussi, c'était prévisible. Je les entends presque : *« Le type là-bas, cest lui, le patron des vignes... Il est français. C'est le fils d'un gars de Sora qui vit à Paris... Le vin de Sant'Angelo... Il est à lui aussi. Oui. Lui tout seul... Ammazza ! »*

Et toi, Dario ? Qu'est-ce que t'en dis ? C'est bien comme tu l'avais prévu, non ? On s'est passé le film des milliers de fois, toi et moi, hein ? J'espère que tu vois tout, de là où tu es. Parce que c'est toi qui l'as mise en scène, après tout, cette épopée. Quand je pense à tout ce que j'ai dû payer pour deviner tes messages d'outre-tombe, ah ça... T'aurais pu être plus clair, avec tes « il miracolo si svolgera ». Et le miracle s'est produit. Mais il y en a eu bien d'autres, avant celui-là, des petits miracles qui ne concernent que moi, des apparitions que moi seul ai vues, des révélations que personne ne connaîtra jamais. Tu t'es bien foutu du monde avec ton fameux retour à la terre, ta mère et madame Raffaëlle y croyaient ferme. Il aurait été là, le miracle, te voir courbé avec une hotte pleine de grappes, un matin d'octobre. Je suis fier d'avoir senti le coup-fourré dès le début. Mais j'avoue que pour un final, c'était grandiose.

Le car de la télé a plié bagage. Des familles rentrent au village, mais des troupes de curieux arrivent de toutes les provenances par voiture. Parmi eux, de vrais pélerins sont venus prendre la place des quelques villageois fatigués et spoliés de leur fête. Le petit coup d'œil sur Sant'Angelo vaudrait cher si on essayait de le tarifer. Dans le même ordre d'idée, le timide Giacomo est venu me voir, juste après sa prestation télévisée. Je savais pourquoi avant même qu'il n'ouvre la bouche, mais j'ai joué le naïf. Aujourd'hui, j'aurai fait vivre à cet homme une étape qui fera basculer sa petite existence tranquille.

— Signor Polsinelli, tout le monde me demande, pour le vin... Les buvettes aimeraient bien nous en acheter un peu, ils ont dit. Alors moi, je sais pas quoi faire. Et je vous donne la clé de la grange.

— Avec tout ce qui s'est passé aujourd'hui, j'ai

pas le cœur à m'occuper de ça, Giacomo. Demain, peut-être...

— Mais... patron. Il y en a beaucoup, beaucoup qui réclament... Vous vous rendez pas compte, patron... Je suis sûr qu'on pourrait en vendre une dizaine de cuves, en un rien. Peut-être le double...

Il se rapproche de mon oreille. La lueur d'innocence dans le fond de ses yeux vient de s'évaporer en un rien de temps. A tout jamais, peut-être.

— Et puis, on pourrait même mettre le litre à mille lires de plus, il partirait quand même.

— Vous croyez ?

— Sûr. Même deux mille.

Une espèce de pudeur hypocrite m'a empêché de ricaner. Le monsieur timide se révèle un prodige en calcul mental. Lui qui, hier encore, aurait offert une barrique de vin à quiconque ne s'en serait pas moqué. D'un côté, ça arrange bien mes affaires. J'ai trouvé mon directeur commercial. Il va faire le reste du chemin tout seul, il suffit de lui donner un exemple.

— Pour ce soir, on ne touche pas aux cuves de la cave, mais je crois qu'il reste un tonneau à l'entrée de la grange. Faites le prix vous-même...

Il me remercie, l'air entendu, et détale le plus vite possible vers son tonneau.

Une houle de chuchotements grossit jusqu'à moi, ça fuse dans tous les coins. Moment de tension. Au loin je vois le médecin se frayer un chemin dans la foule.

— Une dame qui se sent pas bien, elle a des vertiges...

Je ne pensais pas que ça arriverait. A dire vrai, je ne l'espérais plus. Après tous les rapports que j'ai pu lire sur la question, c'est un phénomène on ne peut plus explicable, celui-là. Voire prévisible. La tension nerveuse, la fatigue, le climat, la foi, la foule, et cet ensemble de facteurs va faire naître chez certains fervents, quelque chose de l'ordre du désir. Une douleur fulgurante, un bien-être subit, le sujet impressionnable peut basculer d'un côté ou de l'autre. En l'occurence il s'agit effectivement d'une croyante qui n'a pas quitté les lieux depuis le début de la matinée. Elle a eu un malaise à la suite de violentes crampes dans les membres. On la porte jusqu'à l'ambulance. Elle ne sera pas une miraculée. Mais son malaise a ranimé le brouhaha de la foule. Le moindre signe suffit pour perpétuer l'envie de croire.

Quant à moi, je commence à fatiguer.

Je suis allé manger une côte de mouton grillée et boire une bière. Je grelotte un peu, sous ma petite chemise. Je donnerais cher pour retourner chez Bianca et assister à tout ça dans un fauteuil, devant Radio Télé Sora, au chaud.

Giacomo me cherche partout, et me trouve. Il a presque les larmes aux yeux et se demande comment je peux rester aussi serein au milieu de tout ça.

— Je ne peux plus les tenir, patron... Il vont tout casser si je n'ouvre pas un autre fût... Ce soir, je pourrais tout vendre... Tout !

— Tu vendras tout demain.

— Mais pourquoi attendre demain ? Rien que la

cuve j'en ai tiré un prix que j'ose même pas vous dire, patron...

Il me tend la liasse de billets. Sans savoir pourquoi, j'ai détourné le regard.

— Garde tout, Giacomo... Mais garde-le bien.

— Qu'est-ce que vous voulez dire, patron...

Il y a eu un moment de silence. Puis je lui ai demandé s'il n'y avait pas un pull ou quelque chose de chaud dans la grange. Il m'a parlé d'une vieille veste. J'en ai béni le ciel.

La nuit va être longue.

Hier, ils étaient sept, et je n'ai pu en décourager que trois. Les autres sont repartis à la charge ce matin même, ils sont arrivés sur les vignes avant moi. Sant'Angelo n'a repris du service que depuis dix jours, et déjà je croule sous les rafales quotidiennes de ces types qui arrivent de toute l'Italie, les bras chargés d'affaires tordues et de contrats vicieux.

— Monsieur Polsinelli ! vous avez réfléchi à ma proposition d'hier ?

— Dites, monsieur Polsinelli, vous allez avoir besoin d'une appellation contrôlée !

— On peut se voir une seconde, monsieur Polsinelli ! Vous avez pensé à l'exportation ? Bientôt l'Europe, faites attention !

— Je vous rachète trente pieds ! Juste trente ! Faites votre prix !

On me propose toutes sortes de choses, à commencer par le rachat total pur et simple, la multiplication de la production par quatre ou cinq, des labels en pagaille. Deux types en cravate en sont venus aux mains, je les ai regardés faire.

Au début il n'y avait que des marchands de vin,

des commerçiaux, des récoltants, des industriels du pinard. Est venue s'ajouter une cohorte de fabricants d'images pieuses et de bimbeloteries diverses, à l'effigie de Sant'Angelo. Ils veulent construire une série de petits kiosques en bordure du terrain. Les vignes n'en pâtiraient pas. Tout ce que j'aurais à faire, c'est venir toucher les loyers pendant les pleines saisons. Je ne sais pas quoi en penser.

J'ai vite été débordé. Heureusement, une espèce de comptable qui ressemble à Lucky Luciano est venu me proposer ses services, trois jours après le miracle. Giacomo l'a tout de suite appelé le *dottore,* à cause de ses petites lunettes, ses diplômes et son refus obstiné de sourire. C'est une perle. Il ne néglige aucune proposition et s'occupe des rendez-vous. Quand il me montre ses brouillons bourrés de calculs, on dirait les plans d'attaque du Garigliano.

Ils étaient pourtant simples, les comptes, dans ma petite tête. Mais seulement avant qu'ils n'arrivent. Et seulement dans ma petite tête. Les 30 000 litres d'invendus à cinquante francs la bouteille de 75 centilitres, nous donnent deux millions de francs. Avec une rente d'environ cinq cent mille francs par an, frais déduits. Avec ça je pouvais tout arrêter, me mettre au vert pour le reste de mon existence. Mais depuis que les businessmen de tous poils ont montré le bout de leur bec, mes estimations à la con sont tombées en désuétude.

Giacomo est devenu le contremaître absolu. Il a embauché six hommes pour se préparer à la prochaine vendange. En attendant, l'un des gars est délégué à l'accueil des pélerins, en moyenne trois cents par jour. Un autre gère le parking. Un autre vend au détail à raison d'une et une seule bouteille par personne et par jour. Giacomo supervise les travaux : les maçons qui viennent tout juste de terminer la niche qui protégera Sant'Angelo pour les siècles à venir, la restauration de la statue par un spécialiste milanais, l'accès direct au lieu saint par un passage goudronné, et la pose des clôtures électrifiées autour des terres. Je passe la journée à orchestrer tout ce bordel, à écouter les propositions de ces braves gens, et à faire le bilan avec le *dottore* qui manie la calculette comme une mitraillette Thomson à camembert. Bianca me réveille tous les matins à six heures et me voit revenir vers onze heures du soir, fourbu, harassé, mort de faim. Certains rapaces ont loué une piaule chez elle et en profitent pour me relancer jusque dans ma chambre en essayant de me faire signer des trucs hors de la présence du *dottore*. C'est comme ça que j'ai réalisé que ce gars m'était indispensable.

Sora est devenu le siège des pèlerins et des curieux. Les commerces marchent fort, les restaurants et les hôtels sont pleins à craquer. Certains ont changé de nom, une trattoria a été rebaptisée « La Table de Sant'Angelo », et on trouve un « Hôtel des vignes ». Mais on me regarde d'un drôle d'air quand je rentre le soir. Ils m'en veulent peut-être d'avoir bousculé leur fin d'été.

Le maire est venu m'inviter à une réunion du conseil municipal et je n'ai pas compris pourquoi. Le notaire me demande de passer à son étude pour commenter des points de détail. Quand je traverse le marché on me tape sur l'épaule pour me féliciter avec des rires grinçants, un vieux bonhomme est venu me dire qu'il a bien connu mon père à l'époque où il traînait ses dindons, un autre s'est fait passer pour un vague cousin, des filles de quinze ans ont sifflé sur mon passage, des mômes en mobylettes ont tenté de me cracher dessus. Tout le monde m'appelle *lo straniero*. L'étranger. On m'a toujours dit qu'un émigré serait un étranger où qu'il soit, et je commence à comprendre. Mais là il s'agit d'un étranger qui a fait fructifier leur propre terre. Je sens un climat monter autour de moi, et Bianca me demande jour après jour de faire attention.

Mais tout ceci ne serait rien comparé à ce qui s'est passé le lendemain même du miracle. C'est là où j'ai eu vraiment la frousse.

A la demande de l'Evêque du diocèse de Frosinone, le Vatican a ouvert un dossier et détaché deux émissaires afin d'étudier le phénomène sur place. Procédure normale. Je savais qu'ils viendraient, je les attendais presque. Mais je ne me doutais pas de ce qui allait descendre de la Lancia Therma immatriculée à l'Etat du Vatican.

Deux grenades quadrillées habillées en civil. Des types silencieux et graves comme des anathèmes, polis, discrets, avec tout ce qu'il faut de détermination pour dégager le passage loin devant eux. Dès qu'ils ont mis un pied dans les terres, la foule des fidèles s'est ouverte comme deux bras de la Mer Rouge devant Moïse. J'ai compris à ce moment-là que la rigolade était bel et bien terminée. Ils ont fouillé dans les décombres pour y débusquer on ne sait quoi, avec un matériel qui s'est sophistiqué de jour en jour pendant une bonne semaine. Sans prononcer un mot de trop, sans chercher à entrer en contact avec moi ou Giacomo. Deux limiers froids fouillant la pierre brûlée et reniflant la statue des pieds à la tête. Deux nonces avec une dégaine de détectives privés concentrés sur l'énigme, muets comme des pros, cherchant l'erreur, doutant de tout, même de l'évidence. A les voir fouiner comme ça, j'ai senti qu'ils avaient besoin d'un coupable. Ils ont fait une enquête dans le village au sujet de Marcello. Le médecin qui les a rejoints a fait passer des tests au miraculé pendant deux jours. Personne n'a pu lui parler pendant ces quarante-huit heures.

T'avais prévu ça, toi. Dario ? Non, bien sûr que non, tu n'avais rien imaginé des suites de ta lumineuse idée. Et maintenant, tu t'en fous bien, hein ? Tu ne savais pas que des mecs comme ça existaient ?

C'est seulement ce matin que les trois autres sont arrivés. Dans une Mercedes 600, toujours immatriculée au Vatican, qu'ils ont garée aux abords de la vigne. Trois passagers, un chauffeur. Un seul est descendu de la voiture, accompagné d'un jeune prêtre qui lui servait de secrétaire. Les deux émissaires qui traînaient dans le coin ont rappliqué ventre à terre quand ils ont vu cette ombre violette avancer lentement vers la statue du protecteur. Une vague émeute a vu une houle de pèlerins se précipiter vers lui. Don Nicola a blêmi. Ils se sont tous agenouillés pour embrasser son gant. Ensuite ils ont parlé près d'une heure, dans la voiture, sans que personne ne puisse les approcher. Longtemps après, le secrétaire est venu me présenter à l' évêque.

Je n'ai pas su comment m'y prendre, j'ai mis un genou à terre devant sa robe qui luisait au soleil. Bizarrement, c'est quand j'ai touché son gant que j'ai réalisé que tout était allé trop loin, et qu'un jour ou l'autre j'allais finir en taule.

Une messe ?

Oui, ils vont dire une messe après-demain matin, ici, en plein air. Une messe officielle. Célébrée par l'évêque. C'est la tradition. Le secrétaire et Don Nicola vont s'occuper de tout. Les terres n'auront pas à en souffrir.

— Elles nous sont trop précieuses, n'est-ce pas Monseigneur ? a dit le secrétaire, en souriant vers son patron.

Pendant tout le temps qu'a duré l'entretien, j'ai gardé un œil vers cette silhouette qui est restée assise à l'arrière de la Mercedes. Et qui n'a daigné en sortir que quand je me suis engagé dans le sentier pour quitter les terres.

*

Sur le chemin, j'ai croisé Mangini, fusil au bras. Les pattes d'un lapin pendaient de sa besace. Il a abandonné sa troisième personne de politesse pour me tutoyer. Je l'ai senti inquiet, presque à cran.

— Ne te laisse pas impressionner par tout ça, Antonio. Je les ai vus traîner, tous ces gens qui te font des promesses, et tous ces curés. Ne te laisse pas avoir, je te dis. Tu vois les lumières, là-bas, derrière les arbres ? C'est là que j'habite. Je voulais juste te dire ça... Et je sais pas pourquoi je te le dis... Mais si t'as besoin d'un conseil. Si t'as besoin de t'abriter... Tu peux passer quand tu veux.

Je n'ai pas cherché à comprendre. J'ai juste tendu la main, il m'a ouvert les bras, et m'a serré contre lui.

En passant sur le Pont de Naples, j'ai vu une enfilade de vespas stationnées devant la terrasse du dernier café ouvert de Sora. Une bande de jeunes gars vautrés dans des chaises de plastique orange ont stoppé net leurs braillements dès qu'ils m'ont vu arriver. Quelques secondes de silence de mort quand je suis passé à leur niveau. Et puis, sans me retourner, j'ai entendu un concert de kicks et de démarreurs. Très vite, les mobylettes se sont mises à pétarader autour de moi, chacune essayant de me frôler, de me couper la route. Les ados, hilares, m'ont traité de *stronzo,* de *disgrazziato,* et d'un tas d'autres choses. J'ai accéléré le pas en regrettant le fusil de Mangini, le seul ustensile qui aurait pu rétablir le rapport de force. Un petit frisé m'a mis une claque dans la nuque tout en accélérant, et je n'ai pas pu réagir à temps. Sur le trajet, j'ai vu des volets se refermer et des portes s'entrebâiller dans la nuit.

— Qu'est-ce que vous voulez, bande de crétins ? j'ai gueulé.

Ils ont freiné à dix mètres de moi, j'ai traversé, ils ont bifurqué vers l'autre trottoir. Le jeu a recommencé un petit moment. Je ne sais pas ce qu'ils veulent exactement, eux non plus, sans doute. Ils cherchent juste à m'agacer, par jalousie, par vengeance, j'ai suscité chez la ville entière un sentiment d'énervement, et ça aussi j'aurais dû m'en douter. Seuls les jeunes osent le manifester pour l'instant, et encore, à dix, et en pleine nuit. L'un d'eux, sans doute plus hardi, me barre le chemin et me toise d'un regard narquois.

Depuis quelques jours, je commence vraiment à fatiguer. Il est temps que je rentre.

— Hé toi, le fanfaron, si tu veux que je quitte ton bled, laisse-moi passer...

Il s'est retourné vers les autres pour leur gueuler ma phrase à tue-tête. Tous ensemble ils m'ont imité en accentuant bien les fautes de prononciation. Le fier-à-bras m'a dit, en riant :

— Toi... ? Partir ? Mais on t'aime trop pour te laisser partir, ammazza !

Il tenait en équilibre sur sa bécane, j'ai profité de ce qu'il riait vers les autres pour lui décocher une grande baffe qui l'a projeté à terre et je me suis mis à courir jusque chez Bianca sous des hurlements d'accélérateurs.

A bout de souffle, j'ai refermé le portail d'en bas qu'ils ont martelé longtemps avant de déguerpir. Bianca tremblait.

— Tu veux que j'aille dormir ailleurs ? j'ai dit.

— C'est pas pour moi que je crains, Antonio...

Elle ne m'a réveillé que vers les neuf heures. Sans doute a-t-elle pensé que j'avais besoin de dormir.

— Tu peux prendre ton temps, Antonio. Le

dottore est passé pour dire qu'il s'occupait des rendez-vous de ce matin.

Rien qu'avec cette phrase elle m'a donné envie de retourner me coucher.

— Un type de la Croix-Rouge est passé pour te demander un don. Je l'ai envoyé à Sant'Angelo.

Ils veulent ma peau. Tous. Je ne sais pas si Dario aurait tenu plus longtemps que moi. J'allume la télé, c'est l'heure de l'émission. Bianca s'installe entre deux coussins.

La Chronique des miracles, sur la R.A.I., une espèce de hit-parade qui dure une dizaine de minutes et relate toute l'actualité des cultes et des phénomènes miraculeux à travers le pays. Aujourd'hui : une apparition en Sicile, un petit sujet sur le Saint-Suaire de Turin qu'on passe au carbone 14, avec Bach en fond sonore, et on embraye sur Sant'Angelo avec l'énième rappel des faits relatifs au miracle et l'annonce de la messe de demain avec l'évêque. Un véritable événement, a dit le commentateur.

J'avais pensé à tout. Sauf au violet. Bianca est ravie et ne comprend pas pourquoi je ne partage pas son enthousiasme.

Le journaliste annonce le sujet que j'attendais, une interview en différé du « miraculé des vignes ».

J'étais là quand ils l'ont tournée, ils m'ont demandé l'autorisation de filmer dans la grange. Marcello a été parfait. Bianca pousse un petit cri d'excitation dès qu'elle le voit apparaître.

— C'est tellement difficile à décrire... J'ai entendu les gens crier au feu, j'ai senti la panique partout, et j'ai eu peur. Personne n'a pris le temps de m'expliquer... Et puis il y a eu ce silence. Et j'ai commencé à me sentir mal... Quelque chose comme une brûlure qui partait du ventre et qui remontait doucement... Et puis, il y a eu cette illumination...

Calme. Serein. Presque immobile. Hormis son patois à couper au couteau, plus rien ne reste du personnage qui a fait rire et chanter toute la contrée.

Les gens ont appris à l'appeler par son prénom... La dernière fois que nous nous sommes parlé, six jours après le miracle, il était sur le point de partir dans le nord pour claquer les vingt millions de lires que je lui avais promis sur les premiers bénéfices de la vente des stocks.

— J'en avais marre de ces lunettes, Antonio. C'est grâce à toi que j'ai pu les jeter au caniveau... Mendier, c'était plus de mon âge.

Je n'ai pas compris pourquoi cette pointe de nostalgie dans ses paroles. Peut-être a-t-il voulu dire exactement le contraire. Peut-être s'est-il senti brusquement orphelin, lui aussi. On ne peut pas lâcher quarante ans de boulot comme ça.

— Ma mère, c'était une vraie sainte, elle... Mon père était déjà aveugle quand elle l'a épousé, et personne n'en voulait de ce pauvre gars tout juste bon à tendre la main.

Un gosse naît. Il voit, et pour Mme Di Palma, c'est le seul bonheur qui pouvait lui arriver. Mais l'après-guerre est dur pour tout le monde, et qu'est-ce qu'un aveugle irait se mêler à la vague des émigrants ? Le père apprend la musique à son gosse, le banjo, l'accordéon et tous les deux font la virée des mariages, des fêtes, des baptêmes dans toute la région.

— Dès qu'une fête se préparait, le vieux et moi on faisait deux bons jours de marche pour aller jusqu'à Roccasecca, Arpino, tous ces bleds... Ça tournait pas mal, on nous aimait bien, on y mettait du cœur.

La mère meurt d'une pneumonie, Marcello a dix ans. Le père et le fils deviennent nomades à part entière. Ils font les marchés et les sorties d'église.

— On avait notre calendrier, et le dimanche, y'a pas à dire, c'était le meilleur jour, surtout l'hiver. On chantait *Pagliaccio* et *Funiculi funicula,* et des airs d'opéra, du folklore. La seule fois où le vieux est tombé malade j'étais bien obligé de travailler seul. Alors j'ai mis ses lunettes, juste pour essayer, dans un bled qui ne nous connaissait pas. Et quand le vieux a compris que je m'étais pas mal débrouillé, c'est là que l'idée lui est venue.

Le père raconte partout l'histoire de la maladie ancestrale qui les touche. Deux aveugles rapportent plus qu'un seul. Marcello chausse les lunettes.

— « De père en fils, on a le mauvais œil ! », disait le vieux, et les gens s'arrêtaient de rire à ce moment-là. Moi j'ai appris le boulot d'aveugle, la canne, les gestes, les mouvements de la tête, et personne n'a jamais rien remarqué.

Quand son père meurt, Marcello a vingt-quatre ans, il ne sait que jouer de la musique. Il est connu de partout, on l'aime bien, c'est sa vie.

— Qu'est-ce que j'allais faire, hein ? J'avais rien de mieux ailleurs. J'ai continué, seul. J'ai même oublié que j'étais voyant, je n'avais même plus honte. Quand je sentais des regards pleins de pitié se poser sur moi, je fermais les yeux... C'était tout comme.

Un jour il décide de restreindre son rayon d'action, de se fixer aux alentours de Sora.

— C'est là que je me sentais le mieux, je faisais partie du village. Je savais qu'en restant à Sora, il n'était plus question de revoir. Les gens m'auraient écharpé s'ils s'étaient aperçus que je profitais de leur pitié. Normal, hein ? Et puis, ici, il y avait cette grange où personne ne m'a interdit de dormir, il y avait le vin que personne ne m'a interdit de boire, parce que personne n'en voulait. Autant que l'aveugle en profite...

Un jour, Dario prend possession de ses terres. On ne sait pas ce qu'il veut, ce qu'il bricole.

— C'est pratique de lire dans les yeux d'un gars qui ne se sent pas regardé. Et quand j'ai vu arriver celui-là, j'ai tout de suite senti qu'il avait des idées bizarres. Ah ça... le Français, on ne s'est pas fréquentés longtemps, mais je peux dire que jamais on reverra un combinard pareil... C'était un drôle de gars, un malin, un menteur. Un gars comme moi, quoi...

Dario ne le chasse pas, au contraire. Une habitude se crée, il vient tard le soir pour boire avec l'aveugle.

— Il me posait des questions sur le village, sur la vigne, sur Sant'Angelo. C'était le premier type qui voulait connaître l'histoire de ma vie. Il me servait à boire jusqu'à me voir complètement ivre. Le fourbe... J'étais en confiance. Et un jour, je me souviens même plus, j'étais complètement bourré, j'ai dû faire un truc pas naturel, pour un aveugle, je veux dire... Je me suis trahi, et ce fou-là m'a pas raté. il m'a même dit qu'il s'en était douté. Un malin, je te dis...

Une aubaine, ce faux aveugle. Plus question de faire machine arrière après une découverte pareille.

— Et c'est là qu'un soir il me dit : « Combien tu gagnes en faisant la manche ? Une misère, hein... ? Je te rachète ton job et tu soldes le fond de commerce... Vingt millions de lires cash, et une rente à vie, indexée sur le prix du vin. T'en a pas marre d'être aveugle... ? »

Marcello ne résiste pas longtemps. Faire l'acteur durant quelques jours, raconter des boniments, improviser, pas de problème, c'est son métier. Mais juste une légère angoisse de réintégrer la vie sociale, vivre avec les autres, comme les autres.

— Regarder les gens en face ? Moi ? Est-ce que j'en serais capable, après tant d'années ? Mais en même temps, l'idée était trop belle : retrouver le droit à la vue et, du même coup, me la couler douce avec un paquet de fric, pour le reste de mes jours.

Ils mettent un plan au point. Dario choisit le jour du Gonfalone pour réunir un maximum de témoins, ils répètent le parcours. Puis il rentre à Paris. Pour ne plus jamais revenir.

— Le jour où j'ai appris sa mort, je me suis dit que c'était un signe du ciel. Et j'ai écrit ma chanson. Il m'avait redonné l'envie de voir au grand jour, comme il disait. C'était trop beau. Entre quitter le pays et reprendre ma vie de mendiant, tranquille, chez les miens, j'ai choisi. Ailleurs, je n'aurais pas tenu longtemps, même avec des yeux. Et puis, un soir, t'es arrivé...

Nous nous sommes tombés dans les bras, un peu avant qu'il parte.

— Tu m'as fait faire un drôle de truc, Antonio. Comment j'ai pu penser que je vivrais comme tout le monde, après ça ? On ne me regarde plus comme un aveugle, mais comme un miraculé. Je ne sais pas ce qui est pire. Je suis passé du noir à la lumière trop vite, tu sais... Le médecin de l'Eglise, celui qui est resté sur mon dos pendant deux jours, il m'a pris pour une bête curieuse. Ils étaient méfiants, lui et ces deux sbires du Vatican. Ils aiment pas ça, tu sais...

Je n'ai pas voulu en reparler, mais c'est faux. Il a été établi que les cas de guérisons spontanées les plus plausibles et les plus fréquentes sont les aveugles et certains paralytiques. Sous un choc violent, un sujet peut recouvrer la vue ou l'usage de ses membres. Le Bureau des Constatations Médicales de Lourdes en a homologué des dizaines sans jamais crier au miracle.

— Et ici, je sais que toute ma vie on me regardera comme ça. Moi qui ne voulais pas partir sur des terres inconnues... Je me sens chassé... des gens veulent me toucher, me parler de leurs problèmes, et je me tue à dire que je n'ai aucun don, rien, ils veulent venir quand même. Ceux du village ne rient plus sur mon passage. La vieille qui me donnait un morceau de viande a voulu m'embrasser la main...

J'ai honte, plus honte que quand je voyais le monde à travers mes lunettes.

— Dis pas ça, Marcello...

— J'ai même pas le cœur à rajouter un couplet à ma chanson. A qui je la chanterais ? J'ai retrouvé la vue mais j'ai perdu la voix.

— Tu regrettes ?

— Non, même pas... Ça fait seulement quelques jours et j'ai déjà pris goût à dormir dans un lit. Je me fais vieux. Hier, un gars de *la Gazetta* m'a posé des questions pour son journal. Il m'a demandé : « Ça fait quel effet, de voir un arc-en-ciel ? » et j'ai répondu que c'était merveilleux, mais je ne savais plus si je mentais ou pas.

— Qu'est-ce que tu vas faire ?

— Rien. Attendre un petit bout de temps avant de revenir ici. Voyager. Voir. Regarder. Florence, Venise. N'oublie pas de m'envoyer du fric, ça coûte cher, tout ce qui est beau.

Il a fait ses bagages sans savoir vraiment comment s'y prendre. L'idée même d'une valise lui posait problème. Une dernière fois je lui ai demandé s'il avait compris pourquoi on avait tué Dario.

— Je ne sais pas qui a fait ça. Je ne peux pas t'aider. Mais quand on a des choses aussi tordues dans la tête...

Il est parti par le dernier train, pour croiser le moins de monde possible. Il valait mieux qu'on ne nous voie pas ensemble. Je ne l'ai pas accompagné.

Bianca éteint le poste et me secoue un peu par l'épaule.

— Ne te rendors pas, on t'attend, là-bas.

Elle sourit, plaisante. Est-ce qu'elle me laisserait partager son lit si elle se doutait que je suis un faussaire, un arnaqueur et un hypocrite.

En se préparant pour le marché, elle se penche à la fenêtre. Son jupon blanc déborde largement sur le genou. Elle rit.

Mais, tout à coup, son regard se braque sur un coin de rue. Au dehors, je perçois le ronronnement d'un moteur quasi-silencieux. Quelques éclats de voix. Et de mélodieux claquements de porte qui s'enchaînent. Bianca se retourne un instant vers moi, excitée, et tente de me dire quelque chose avec les mains.

— C'est... C'est Dallas, Antonio ! Viens voir ! Non... C'est pas Dallas... C'est Miami Vice !

Aïe...

Je n'ai pas compris ce qu'elle a voulu dire. Mais j'ai déjà mal.

Lentement je m'approche de la fenêtre. Le brouhaha de la rue s'amplifie. Le soleil tape déjà. La journée va être longue.

En bas : deux Cadillac blanches aux verres fumés. Comme on les imagine. Plus longues et rutilantes encore. Les Fiat du coin se sont faufilées comme des souris pour les laisser se garer sur tout le tronçon de trottoir. Les mômes s'agglutinent, les vieux sortent pour voir ça de plus près. Bianca frétille.

— C'est la même que celle de l'amant californien de Sue Ellen.

L'apparition vaut celle de Sant'Angelo. J'essaie d'oublier un peu les bagnoles pour repérer leurs occupants. Pas difficile. Trois blancs et un noir.

C'est ce dernier qui a le plus de succès. En ont-ils déjà vu un seul, dans ce bled. Les cheveux coupés en brosse, il porte un complet gris luisant et une chemise blanche. Les autres portent des lunettes et des vestes en lamé. Le plus gros des quatre sort une mallette du coffre arrière et la tend au seul barbu du groupe. Pour l'instant, impossible de savoir qui est le boss. Une bande de gosses turbulents se pressent contre une portière pour tenter de discerner des détails de l'habitacle. Des adultes fouinent vers les plaques d'immatriculation, touchent la carrosserie, parlent fort. Le barbu et le noir, avec une lenteur incroyable, tapent deux fois dans leurs mains. La foule recule de cinq mètres. Un troisième éclate de rire. Le barbu sort un gros mouchoir blanc et frotte un petit coin de pare-brise.

Silence de plomb.

L'un d'eux enlève ses ray-ban, s'essuie le front avec la manche. Puis se dirige lentement vers le café le plus proche, et discute avec le tenancier qui s'est mêlé au groupe des curieux. Impossible d'entendre ce qu'ils se disent. On lui fait des courbettes, on dégage des chaises, mais le gars aux Ray-ban refuse de s'asseoir. Au bout de deux minutes, le bistrotier semble réaliser ce qu'on lui demande, il lève le nez en l'air en fouillant du regard l'immeuble en face de lui. Il sourit, gêné. Puis tend le bras et pointe l'index vers notre fenêtre. Les quatre visiteurs tournent la tête vers moi.

*

Deux coups secs, à la porte. Pas eu le temps de réagir, ni même de m'habiller. Ni même celui de préparer une défense. Avant même de connaître l'attaque. C'est le réflexe du paranoïaque, mais comment ne pas le devenir avec ce tombereau d'emmerdements sous lequel je croule. Protège-moi, Sant'Angelo, tu me dois bien ça. Le peuple de Sora va s'offrir un bon moment de ce cinéma qu'ils ont perdu. Comme à l'époque, les fauteuils d'orchestre, et les attractions des pitres sur la scène, avant le grand film.

— J'ouvre ? me demande Bianca.

— Oui.

Les quatre sont entrés, l'homme aux Ray-ban a demandé après moi. Les autres ont reniflé vers la cuisine, j'ai pu entendre leur voix. Bianca n'a pas tort, ils parlent comme dans un feuilleton américain mal doublé, surtout les ricanements qui fusent, sans violence, sans exagération, mais qui vous clouent sur place. Le noir soulève le couvercle d'une casserole et inhale un grand coup. Le gars aux Ray-ban n'apprécie pas :

— Put that back, you jerk [1]...

Il s'exécute en maugréant.

L'homme aux Ray-ban semble être le boss.

Il me tend la main.

— Polsinelli ?

— Oui.

— Parini. Giuseppe Parini. Connaissez ce nom-là ?...

1. Repose-ça, crétin...

Des mots mâchés, rugueux. L'accent traînaillant de l'Américain qui ne parle même pas sa propre langue et qui s'essaie à celle de Dante. Bien sûr que je te connais. Tu possédais un hectare de la vigne. Tu as une chaîne de laveries dans le New-Jersey. Tu es un cousin des Cuzzo.

La cinquantaine pas trop marquée, un nez un peu trop fort pour des joues trop creuses, un sourire qui ne tient pas la route longtemps, et surtout, surtout, une petite lumière dans l'œil qui laisse supposer qu'il préfère abréger les parlottes. Il a beau s'évertuer à passer pour un américain, quelque chose le trahit. L'estampille du rital malgré lui.

Le barbu s'installe dans le sofa, un autre sbire s'assoit à califourchon sur une chaise, une allumette entre les dents.

— La *ragazza* a du travail ? dit-il en me montrant Bianca du pouce.

Je vois. Inutile d'expliquer que la ragazza en question est bel et bien chez elle. Bianca est déjà partie. J'ai honte. Mais pour l'instant je préfère les laisser venir sans trop jouer le professeur de bonnes manières. A peine a-t-elle claqué la porte que les sbires se détendent, l'un d'eux allume la télé, un autre ouvre le frigo, le troisième inspecte une ou deux chambres.

J'hallucine...

On ne me fera pas croire que ces gars sont des livreurs de linge à domicile. Et que leur boss est venu passer un petit week-end au pays. Par nostalgie.

— Ça fait du bien de revenir ici, Polsinelli...

J'avais oublié comment c'était beau, toute cette verdure. C'est la dolce vita. Ils ont de la chance, tous ces braves gens.

Le Noir se tape sur les cuisses en regardant un feuilleton par-dessus l'épaule de son copain. Une reprise de Kojak. Le boss leur demande de se calmer.

— J'ai entendu dire, par chez moi, que les affaires marchaient bien, ici... Good Business... ?

Sa rue est longue, à lui aussi. La diaspora italienne a fonctionné à fond. En moins de dix jours, il a entendu parler du miracle et il a rappliqué ventre à terre.

Le barbu s'enfile des lampées de minestrone à la louche, les autres gloussent comme des gosses en écoutant ces drôles de voix dont on a affublé les acteurs.

Parini saisit la mallette et la pose sur la table. Un attaché-case comme j'en vois défiler des dizaines tous les jours, avec plein de bonnes choses dedans, des contrats, des sous, des promesses, des rentes à vie. J'attends qu'il l'ouvre pour savoir ce que celle-là me réserve.

— On va faire affaire, tous les deux, hein ?

Il fait sauter les deux loquets d'un coup de pouce et attend un moment.

— Gentil, le Trengoni, un bon bagout... Il m'a embobiné comme un rien. Seulement voilà, Polsinelli. C'est une honte pour moi d'avoir vendu ces terres sacrées. J'ai le respect pour les saints, moi. Mais ce qui est signé est signé, j'ai qu'une parole, Polsinelli. Elle est à toi, maintenant, cette terre.

J'ai pigé, il veut entrer dans le business avec moi et me proposer un marché. Il fait exprès de reculer le moment où il va ouvrir. Je trépigne, les yeux rivés sur le cuir.

— Mais je l'ai vendue une misère, hein ? T'es d'accord ? Et c'est un sacrilège d'avoir fait ça. J'ai honte. Ah si Sant'Angelo savait que j'ai laché sa vigne pour quelques milliers de dollars !

Il lève les bras au ciel. Et ouvre l'attaché-case. J'écarquille les yeux.

Pour ne rien voir. Absolument rien. La mallette est parfaitement vide.

Il claque des mains, une seule fois. Les autres rappliquent toute affaire cessante. Et m'entourent.

— Bon, Polsinelli, mes affaires m'attendent, à New York. Business is business, non ? Tu vois cette mallette ?

— Oui...

— Je la veux bourrée à craquer avant ce soir. Je veux pas un pet d'air dedans, compris ? Et à partir d'aujourd'hui, je veux 25 % de tout ce que te rapporte Sant'Angelo. Je laisserai deux de mes gars ici. Si tu veux, tu peux même les choisir, et je te conseille Bob, c'est un bon masseur.

— Attendez une seconde, dis-je en souriant, vous plaisantez... d'abord j'ai pas un sou de liquide et puis...

Parini me coupe net.

— Si tu préfères, y'a une autre solution pour remplir la mallette, c'est exactement le volume qui peut contenir un corps humain de ta taille après avoir passé un moment entre les mains de Bob. Je le sais par expérience, on a essayé la semaine dernière.

Je n'ai pas eu besoin de traducteur quand le Bob en question a précisé : sans les chaussures. Tous ensemble ils m'ont tiré les oreilles, pincé les joues et tapé dans la nuque, et n'ont cessé que quand ma tête a doublé de volume.

— T'es un bon gars, Polsinelli... vous faites un joli couple, avec la ragazza. Elle est gentille, cette petite.

— Qu'est-ce que vous voulez dire ?

Tous les quatre me tapent sur les épaules.

— T'as jusqu'à ce soir pour me dire oui. C'est facile de nous trouver.

— Vous êtes... Vous êtes dans quel hôtel de Sora ?

— Tu crois que je vais dormir dans ce trou du cul de bled de merde ? Au milieu de tous ces péquenots ? On est à l'Hôtel des Platanes, à Frosinone. Mais t'inquiète pas, nous on saura où te trouver.

Je me suis forcé à rire. Au lieu de vomir. Ils se sont approchés de la sortie. J'ai cherché à les retenir.

— Dites-donc, ça marche bien le nettoyage à sec, en Amérique. Je comprends mieux pourquoi tout le monde est si propre, à la télé.

Le boss traduit aux autres, qui éclatent de rire et tapent dans leurs mains.

— Vous avez de la famille, dans le béton ? je demande à Parini.

— Oui.

— Vous roulez toujours en Cadillac blanche ?

— Oui.

— Vous êtes marié à une Sicilienne ?

— Oui. Comment tu sais ça ?

— Comme ça. Une intuition...

J'ai toujours entendu dire qu'il fallait réunir ces quatre conditions pour entrer dans LA grande famille des Italo-américains. Je voulais juste vérifier.

*

En marchant vers les vignes j'ai essayé de me raisonner, de me dire que tout ça, c'était de la blague. Que tout allait s'arranger avec un peu de bonne volonté. Sans parvenir à me convaincre. Ma chemise est déjà trempée de sueur, et la chaleur n'y est pour rien. Des tics nerveux me mangent le visage, je ne sais pas quoi faire de mes mains. 25 % pour les Cadillacs blanches ? Combien pour les autres ? Pour l'Eglise, pour la ville entière, pour Dario.

Un groupe de tracteurs a pétaradé dans mon dos. Je me suis garé sur le bas-côté pour les laisser passer, mais l'un d'eux a fait hurler la sonnerie rauque qui lui sert de klaxon, les trois autres lui ont fait écho, et ça m'a cassé les oreilles. Les fermiers perchés au volant ont ri. L'un d'eux a dévié vers moi pour engager sa roue droite dans le bas-côté, les autres m'ont encerclé dans un ballet de queues de poisson qui m'a enfermé dans une prison de moteurs assourdissants et de klaxons infernaux.

J'ai plaqué les mains sur mes oreilles.

— Mais qu'est-ce que je vous ai fait, merde ! j'ai gueulé, en français.

Au moment où deux machines me prenaient en étau, j'ai sauté entre deux roues et me suis retrouvé en bas d'un fossé, la gueule dans une mélasse grouillante.

Ils ont poursuivi leur chemin. Le dernier engin de la file a serpenté un bon moment sur le sentier, l'homme m'a crié quelque chose que je n'ai pas pu entendre.

On veut me faire payer. Dans tous les sens du terme. Un compte à rendre à tout le village ? Une vengeance divine ?

Mais je ne suis pas Dario.

Vous ne m'aurez pas.

Personne n'a vu que j'étais englué de boue. Tout le monde s'en fout, même le *dottore* qui ne sort pratiquement jamais le nez de ses chiffres. Il m'a demandé d'étudier la proposition de deux paysans qui possèdent les quatre hectares de champs de blé adjacents aux terres. Ils proposent de me les céder au prix fort pour agrandir la vigne. Ou à un prix raisonnable si je les intéresse aux récoltes. Le *dottore* a déjà fait les calculs et me farcit la tête de pourcentages, de bénéfices et d'un tas d'autres choses dont je me contrefous. On veut me voir crever, et toutes les additions du monde n'y changeront rien.

Le secrétaire de l'évêque, assisté de Don Nicola, veille aux préparatifs de la messe. Une télé est déjà là. Je n'ai rien demandé de tout ça. Je veux rentrer chez moi.

— Monsieur Polsinelli, je travaille pour la Croix-Rouge et...

Sans le laisser terminer je lui colle le *dottore* dans les pattes.

— Monsieur Polsinelli, je suis le clerc du notaire, si vous pouviez passer à son étude rapidement, s'il vous plaît...

J'ai dit oui, mécaniquement, en pensant à des choses bien plus urgentes.

— Monsieur Polsinelli ! Je suis le dessinateur, je peux vous montrer les croquis de l'étiquette de la prochaine bouteille.

— Monsieur Polsinelli, je suis entrepreneur, je vous propose mes services pour reconstruire vos caves, parce que...

Eux aussi veulent ma peau. Je vais encore avoir besoin d'un miracle si je veux tenir encore un peu. 25 % pour ces ordures ? Plutôt crever, plutôt fuir, rentrer à Paris, ou n'importe où ailleurs, dans un endroit où on ne me connaît pas, où on ne me retrouvera jamais. Je vais peut-être créer la première colonie italienne aux Galapagos.

Mais vous ne m'aurez pas.

*

Dès 16 h 30, le *dottore* m'a fait part de ses conclusions. Calculs à l'appui, après une synthèse de toutes les propositions, il était en mesure exactement de doubler les bénéfices prévus.

— Réfléchissez, signor Polsinelli.

Réfléchir à quoi ? A de nouveaux emmerdements ? Doubler les nuisances, doubler les chantages ? Je l'ai quitté en lui promettant d'étudier la question.

Ils ne m'auront pas.

J'ai voulu changer de route, par méfiance, et prendre le raccourci que m'avait indiqué Marcello. Et je me suis demandé si c'était vraiment une bonne idée. C'est en passant à portée du champ de blé qu'il a commencé à pleuvoir. Des pierres. Une, deux, qui m'ont rasé le crâne, je n'ai vu personne, j'ai pensé à un gosse ou deux planqués dans un arbre. Et puis, un nuage entier de cailloux a explosé au-dessus de moi, je me suis mis à courir, des centaines d'autres ont jailli de partout, je n'ai pas pu voir qui les lançaient, des gosses ou des adultes, perchés dans les hauteurs ou courbés dans les plantations. Une pierre m'a cogné le dos, j'ai crié, en une fraction de seconde j'ai pu voir une fermière avec un foulard blanc sur la tête se pencher vers le sol pour prendre d'autres munitions.

Qu'est-ce que je leur ai fait...

Ils m'auront, si je reste une heure de plus au village.

J'ai couru à m'en faire péter les poumons. J'ai saccagé les champs sur mon passage, j'ai rejoint la ville comme un dératé, proche de l'asphyxie, les passants m'ont applaudi, je n'ai pas ralenti jusqu'à la maison de Bianca.

Elle cousait à la machine, devant le téléviseur.

— C'est quoi, cette mallette, Antonio... ?

J'ai hésité à lui dire que cette mallette pouvait lui être aussi fatale qu'à moi.

— Je m'en vais ou je crève ici, j'ai dit, sans réussir à reprendre mon souffle.

Je dois être immonde à voir. Suffocant, couvert de boue et ruisselant de sueur. Avec ma tête de dément. Elle m'a pris dans ses bras.

— Tout le village m'a demandé des renseignements sur toi. De quelle famille tu venais, si tu comptais partir, et quand.

— Partir ? A quelle heure part le dernier car pour Rome ? Vite !

— A cinq heures.

Moins dix, à ma montre.

Je me suis dégagé de son étreinte, trop violemment sans doute, et me suis rué dans la chambre où j'ai fourré mes affaires et quelques liasses de liquide dans un sac. Bianca n'a pas dit un mot, elle s'est remise à son ouvrage en faisant semblant de ne pas me voir. Brusquement j'ai pensé que je n'existerais jamais plus pour elle. La trouille s'accommode trop bien des remords. J'ai hésité, une seconde, à lui dire au revoir. Et je suis parti.

Le car contenait une trentaine de personnes, des pèlerins pour la plupart.

— On part quand ? j'ai demandé au chauffeur, installé près du guichet.

Il m'a montré trois doigts. Au fond du car, j'ai repéré des places vides, et m'y suis affalé.

Giacomo et le *dottore* s'occuperont de tout. Ils se débrouilleront sans doute mieux sans moi pour faire fructifier les terres. Et je reviendrai quand toute la ville sera calmée, quand l'évêque aura fini sa messe, quand ses sbires auront fini leur enquête, et quand les Américains seront de retour au pressing. Je colle ma joue contre la vitre, pour jeter un ultime regard sur Sora...

Tout est redevenu plus calme.

Hormis le chauffeur qui discute, nerveux, avec deux ou trois employés de la compagnie.

Je ne sais pas si c'est ma parano montante, mais j'ai bien l'impression qu'ils me regardent. Deux commerçants rappliquent, je reconnais le patron du café. Ils jettent des œillades discrètes de mon côté. Je me trompe sans doute. Je vais devenir dingue si je me laisse avoir par la suspiscion. Les trois minutes sont écoulées. Le chauffeur tarde, leur discussion s'anime, ils s'efforcent de parler bas, j'ouvre la fenêtre sans entendre pour autant, le chauffeur secoue la tête, on lui prend le bras, on le secoue un peu. Je ne comprends rien.

Et brusquement, il retrouve le sourire, une petite seconde. Il monte dans le car, sans s'asseoir, et lance à la cantonnade :

— On a un petit problème de moteur. Faut réparer. Le car ne pourra pas partir maintenant. La compagnie est désolée. On va essayer d'en trouver un autre d'ici ce soir. Tout le monde descend !

Les passagers grognent, se lèvent, essaient de parlementer avec le chauffeur qui fait de grands gestes désolés.

Je reste là, stupide, pantelant, sans pouvoir réaliser ce qu'il vient de dire.

Les ordures...

Ils ne m'auront pas. Je sors et passe devant le petit groupe, le patron du bistrot tourne la tête ailleurs.

Vous voulez me ferrer, me retenir, m'empêcher de bouger... Je ne sais pas ce que vous cherchez. Mais vous ne m'aurez pas.

Je tourne le coin de la rue à l'endroit où d'habitude sont garés les trois seuls taxis de la ville. On m'attrape par le bras, je sursaute, prêt à envoyer mon poing dans la gueule de celui qui cherche à me retenir.

— Hé... Hé ! Calmez-vous, signor Polsinelli ! C'est moi, vous me reconnaissez ?

Le notaire. Qu'est-ce qu'il fout là... ?

— Je vous cherche partout, mais on peut plus vous mettre la main dessus !

— Mais si, tout le monde y arrive sauf vous. Je suis pressé, qu'est-ce que vous voulez ?

— Je tenais juste à vous dire que... C'est délicat... Je me trompe peut-être, mais...

Il s'approche de mon oreille et lance des regards furtifs autour de nous.

— Je suis astreint au secret professionnel, signor... Mais on ne peut pas éviter toutes les fuites... Je n'y suis pour rien, je peux vous le jurer... Mais tout le village a fini par savoir qu'il y avait... la clause...

— Quelle clause ?

— Comment ça, quelle clause ? C'est la première chose dont je vous ai parlé quand vous êtes arrivé ! La clause qui dit qu'après vous, vos terres reviennent entièrement à la commune...

— Comprends pas.

— Vous le savez bien, c'était le souhait de M. Trengoni. Au cas où vous refusiez les terres, elles revenaient au village entier. Même chose après votre... votre décès.

— Pardon ?

— Tout est sur le papier. Et maintenant que Sant'Angelo nous a fait la grâce de revenir, et que vous avez fait des millions avec la vigne...

Un mal de tête commence à me marteler le crâne.

— Méfiez-vous, signor Polsinelli...

A peine supporté par mes jambes, je m'adosse contre un mur.

— Attendez une seconde... Attendez... Vous essayez de me dire que pour se partager la vigne, les villageois seraient prêts à...

— Je ne dis rien, moi. Je vous mets en garde, c'est tout. Alors bonne chance, signor...

Il me laisse tomber et me salue d'un petit geste de la main.

Les gens changent de trottoir.

La terrasse du café est pleine et parfaitement silencieuse.

On t'aime trop pour te laisser partir... avait dit le gosse, hier.

Tous ces visages muets, aux fenêtres.

Immobiles.

Un taxi débouche du coin de la rue, je me précipite presque sous ses roues, il pile.

— Vous êtes cinglé ou quoi ! gueule le chauffeur.

Il est à vide, je veux m'engouffrer à l'arrière mais il bloque la porte.

Au loin, derrière le camion des pastèques, je repère une silhouette discrète qui lui fait signe de ne pas me prendre.

— Peux pas, j'ai une course...

Je ne sais plus quoi faire, je ne tiendrai pas longtemps face à cette conjuration. Je fouille dans mon sac et sors une liasse de fric bien compacte. Je n'ai aucune idée de la somme.

— Tout le paquet si vous me sortez de la ville...

Le gars, prêt à partir, hésite un instant devant la liasse. Puis il regarde le groupe d'hommes qui approche doucement vers nous.

— Bon, montez...

J'ai à peine le temps de monter qu'il démarre comme un damné, les hommes hurlent de rage.

— Va fan'culooooo ! leur crie le taxi, avec un bras d'honneur.

Il évite de justesse deux piétons, on balance des objets sur la carrosserie, le chauffeur s'en fout, et nous, nous fonçons droit vers le Ponte di Ferro pour sortir de Sora.

— Vous avez des problèmes, signor ? me demande-t-il, en riant presque.

— Vous allez en avoir aussi.

— Moi ? Des problèmes ? Je connais pas ça, je suis napolitain.

Son accent le prouve et sa conduite aussi. Les Napolitains ne connaissent qu'une version très expurgée du code de la route, elle se résume à une seule règle d'or : « N'arrête jamais de rouler, des fois qu'on te vole les pneus. » Le taxi grimpe une petite colline, je peux voir au loin la cascade d'Isola Liri, un petit village voisin par lequel il faut passer pour rejoindre le chef-lieu.

— Maintenant qu'on est sorti, on va où ?

— A la gare de Frosinone.

— Avec la liasse que vous m'avez montrée je vous emmène à Rome, si vous voulez...

Elle était si grosse que ça, cette liasse ? Dans la précipitation je n'ai pas eu le temps de compter.

Le taxi ralentit.

— Qu'est-ce qui se passe ?

— Regardez devant vous, signor... C'est ça que vous appelez un problème ?

Les deux Cadillac nous arrivent de front à faible allure. Côte à côte, elles sont plus larges que la route. Le taxi s'arrête.

— Hé... C'est vous qu'ils cherchent, ces gars ?

— Oui.

— Porca troia... !

— Qu'est-ce que vous voulez dire ?

Il s'arrête en face des deux monstres blancs, et croise les bras, calme, pas le moins du monde étonné.

— Mais faites demi-tour ! On va pas rester là ! On peut retourner vers...

— Ecoutez, signor, gardez votre pognon, j'évite les problèmes parce que je sais bien les repérer. Tout Sora c'est rien à côté de ces quatre gars-là. Et moi je suis qu'un napolitain...

Joe, le barbu, est apparu en premier, Henry, le Noir, l'a suivi avec un flingue tendu. Parini est apparu, précédé de son troisième homme de main.

Trois pétards sous le nez du taxi, je regarde tout ça comme un spectateur. Presque distrait. Et déjà résigné.

— The guy is mine... dickhead[1], fait Parini au napolitain.

— Non c'è problèma... Non c'è problèma ! Calma !

Pas eu le temps de dire un mot, Henry et Joe m'ont empoigné comme un sac de fiente pour me jeter à l'arrière de leur bagnole. Celle de Parini a démarré en premier, direction Sora, Henry a suivi, et Joe m'a maintenu la tête sous la banquette avec le calibre dans la tempe.

Pendant que mon front frottait contre le cuir du siège, ils n'ont pas arrêté de parler dans un argot new-yorkais incompréhensible, j'ai essayé d'entendre un mot, une indication sur le sort qu'on me réservait. L'un a dit qu'il avait envie de mortadelle. Il s'est étonné qu'on trouvait de la pizza aussi en Italie, mais moins bonne que chez lui. L'autre a répondu que les bagnoles qu'on louait à Rome étaient de vraies carioles. Mais je ne suis pas sûr d'avoir bien tout compris.

*

T'as réfléchi, Polsinelli ?

Le visage à quelques centimètres de la vase, j'ai hurlé un oui, tout de suite. La rive du *Liri* est parfaitement déserte. Henry et Joe qui me retenaient par les cheveux à la surface du fleuve, m'ont ramené vers le bord.

— Vingt-cinq pour cent ?

1. Ce gars est à moi, tête de nœud...

— C'est d'accord...

— C'est d'accord ? Alors, où tu les as mis ? a demandé Parini, tout en dégustant un énorme morceau de pizza ruisselante et froide.

— Qu'est-ce que vous voulez dire ?

Quand il a claqué dans ses doigts, j'ai eu droit au petit rafraîchissement que je pensais bien avoir évité.

L'eau brouillée m'est rentrée par le nez et m'a glacé les yeux. J'ai tenu, quelques secondes, immobile, et j'ai secoué la tête comme un forcené pour qu'ils abrègent la torture, ça a duré un siècle, j'ai même voulu plonger entièrement sans pouvoir me délivrer de cette main crispée sur ma nuque.

— Tout ce que je vois, c'est que t'as essayé de nous fausser compagnie, c'est pas vrai, peut-être ? Où tu les as mis ? a demandé Parini, pendant que je regonflais mes poumons.

— Je n'ai... pas... l'argent sur moi...

Parini jette sa croûte de pizza à l'eau et s'essuie les doigts avec le mouchoir qu'on vient de lui tendre.

— Ecoute, Polsinelli. Je suis né ici, mais j'ai pas l'intention d'y finir. Mais toi, si tu y tiens, on peut t'arranger ça. Moi, je vais pas m'éterniser chez ces ploucs. Rien que là où on a dormi hier, mes gars avaient l'impression de coucher dans une étable. Alors, basta, tu piges ?

— J'ai pas le fric... attendez les prochaines vendanges...

Il a claqué des doigts. J'ai gueulé à mort, ils m'ont plongé jusqu'à la ceinture, ma bouche s'est remplie d'eau et là, ma gorge a explosé.

Mon corps a cessé de lutter, net.

Temps mort.

On m'a hissé sur la rive.

Une gifle m'a ranimé.

— Maintenant c'est cinquante cinquante, Polsinelli. *Méta per uno,* capish ? Fifty fifty, O.K. ?

— ... Oui...

— T'as une dette, Polsinelli. Demain matin je veux te revoir avec ce que t'a rapporté la moitié de la vente des 30 000 litres. Compris ?

Non, je n'ai pas tout compris. Les portières ont claqué, au loin. De hautes herbes humides et boueuses me recouvraient le visage. Mon souffle a fini par s'apaiser, doucement. J'ai fermé les yeux. Les vêtements trempés m'ont glacé les os mais je n'ai pas eu la force de les enlever. Une voiture est passée à toute allure, sans me voir. J'ai eu envie de me traîner au bord de la route pour en arrêter une. Et rentrer chez Bianca. Sans savoir si elle voulait encore de moi. Mais, là aussi j'ai renoncé, un regain de conscience m'a interdit de demander de l'aide à un gars qui ne demanderait pas mieux que de me faire passer sous les roues. Et de recommencer une fois ou deux, pour être sûr.

Tu te venges, Sant'Angelo...

C'est la seule explication. Tu m'en veux à ce point-là ?

Demande-moi ce que tu veux. Fais-moi expier. Mais sois clément.

Fais quelque chose.

Juste un signe.

En rampant, j'ai trouvé une pierre plate et sèche, où j'ai posé la tête.

*

Nuit.

Une portière qui claque. J'ai cru qu'ils revenaient.

Deux hommes tout en noir se sont penchés vers moi pour me tirer du fossé, l'un sous les aisselles et l'autre par les jambes. Et m'ont engouffré à l'arrière de la Mercedes. C'est quand on m'a posé une couverture sur les épaules que j'ai reconnu les deux émissaires du Vatican.

Juste à côté de moi, j'ai enfin pu voir le visage de cet homme qui hier accompagnait l'évêque sans pourtant sortir de la voiture.

Un visage maigre, des petites lunettes ovales, des cheveux coupés en brosse, des lèvres épaisses où on lit un sourire calme. Il porte un costume noir avec une petite croix au revers. Patiemment, il a attendu que je retrouve mes esprits, sans bouger, sans rien dire. Je me suis emmitouflé dans la couverture en me recroquevillant le plus possible.

— Vous traversez de pénibles épreuves...

— Vous parlez français... ?

— Je parle quatre langues, mais je n'utilise pas la vôtre aussi souvent que je le voudrais.

— Vous vous débrouillez plutôt bien.

Une voix sereine qui apaise tout ce qui se passe autour. Un regard totalement relâché, des yeux fixes qui ne cillent jamais. Aucune comparaison avec tout ces hystériques dont on ne voit que les dents et qui crachent leurs mots. Il pose le bout de ses doigts sur mon avant-bras.

— N'attrapez pas froid. En été, c'est redoutable.

— Vous me raccompagnez ?

— Bien sûr.

Il fait signe à ses hommes de monter et de démarrer. Une vitre nous sépare d'eux. Je n'ai pas eu besoin de leur donner l'adresse.

— Qui peut prétendre voir clair dans les desseins du Seigneur ? Vous êtes le propriétaire de cette vigne, monsieur Polsinelli ?

— Oui. Et vous ?

— Mon nom ne vous dirait pas grand-chose. Disons que je suis un homme de finances, il en faut n'est-ce pas ? C'est même une rude tâche que de gérer le patrimoine de l'Eglise.

— ... ?

— Je ne vais pas rentrer dans le détail, mais pour simplifier on pourrait dire que je suis en quelque sorte, le banquier... Oui, disons-le, le banquier du Vatican.

Une ampoule s'est allumée dans ma tête. Les caves du Vatican, les trésors du Vatican et toutes les histoires qu'on raconte dessus. Je me suis mis à trembler sans plus savoir s'il s'agissait du froid. J'ai réussi à freiner une tempête de curiosité qui m'aurait fait poser deux mille questions plus indélicates les unes que les autres.

— Demain aura lieu cette messe. Vous vous doutez bien qu'une telle cérémonie servira « d'officialisation » — le mot est correct ? — du culte de

Sant'Angelo par notre Eglise. Vous rendez-vous compte de ce que ça suppose ?

Que le miracle est homologué. La vigne devient un authentique lieu saint. Reconnu et honoré par la plus haute autorité.

Ça va trop loin pour moi. Je ne voulais pas faire remonter les choses aussi loin. Dario non plus. Je comprends mieux l'acharnement des deux enquêteurs.

— Des milliers de pèlerins vont venir se recueillir aux pieds du saint. Il faudra construire une nouvelle chapelle, organiser des offices, et cætera... Demain sera un grand jour. Qu'est-ce que vous en pensez ?

Le plus grand mal. Je n'avais rien prévu de tout cela. Rien. Ni le raz de marée des commerciaux, ni le débarquement des Américains, ni la convoitise de la ville, ni le doigt de Dieu qui pointe son sacrement. Je voulais juste un petit coup d'éclat, un petit miracle aux alouettes, et basta, je rentrais chez moi avec une prébende. Voilà.

Il a croisé les bras, avec toujours cet étrange sourire aux lèvres. A la réflexion je me demande si c'est vraiment un sourire.

— Mais imaginez un instant qu'au lieu de cette bénédiction, on annonce aux fidèles que toute cette entreprise diabolique n'a servi qu'à leur extirper le denier du culte. Que des impies ont violé la mémoire d'un saint pour engraisser les marchands du Temple.

— Qu'est-ce que vous voulez dire... Je ne...

— Que la chapelle a brûlé à l'essence, que la statue a été ignifugée, que la bâtisse a été soigneusement « préparée » pour s'ouvrir ainsi, et que Marcello Di Palma est un formidable acteur. Vous niez ?

Nier ?

A quoi bon. Depuis le début j'ai senti que ces gars-là n'étaient pas du genre à crier hosanna devant un tas de braises mortes. Dario a essayé de jouer au plus fin avec les ministres du Très-Haut. Voilà. Et comme un con, j'ai suivi. Comment ai-je pu me croire assez malin pour rivaliser avec eux ?

Hein, Antonio ? T'as l'air de quoi, maintenant. Fallait bien que ça finisse un jour. A côté d'eux, Parini et ses trois petites frappes sont des guignols.

— Qu'est-ce que vous comptez faire ? je demande.

— Crier publiquement le sacrilège. Vous remettre aux autorités, et notre mère l'Eglise veillera à ce que vous ne sortiez pas de la geôle avant trente ans. Elle en a le pouvoir. Imaginez la déception de nos fidèles et de tous ceux que vous avez trompés. Le peuple de Sora et de toute la région. Et je ne parle que de la justice des hommes. La moins terrible. Vous avez commis le péché suprême.

La moins terrible ? Peut-être, mais, à choisir, je préfère précipiter mon jugement dernier plutôt que finir ma vie en taule.

— A moins que...

Dans un sursaut je me suis dressé sur le siège pour attraper au vol son ébauche de phrase. Toutes les turbines de mon cerveau se sont mises en branle.

La voiture est déjà entrée en ville.

— A moins que vous et moi nous trouvions un *modus vivendi.* La solution la plus heureuse pour nous tous. Le principal est d'épargner à nos fidèles un aussi cruel aveu. je vous l'ai dit, qui peut prétendre voir clair dans les desseins du Seigneur ? Peut-être vous a-t-il délégué, vous, pour rendre hommage à notre bon Sant-Angelo, trop tôt oublié, je vous l'accorde...

Silence. Je me mords la lèvre pour éviter de dire une connerie.

— Et avec tout l'argent que pourrait rapporter la récolte de ce vin, nous saurions quoi faire. Nos projets sont multiples. Bâtir un hôpital, créer un lieu saint, des écoles. Nous n'avons pas encore décidé. Il nous faut tant d'argent pour toutes les œuvres qui nous restent à accomplir. Ce vin pourrait être une aubaine pour tous les malheureux. Je vais sans doute vous l'apprendre, mais nous avons été surpris par la somme des demandes de paroisses qui voudraient utiliser le vin de Sant-Angelo pour célébrer les offices. C'est là que nous est venue l'idée d'en faire le vin de messe officiel à travers toute l'Italie...

— Vous plaisantez... ?

— Est-ce que j'en ai l'air, monsieur Polsinelli ? Mais, après tout, rien de ceci ne vous regarde. Ma proposition est simple : vous lâchez tout, les actes de propriété, les réserves, et tous vos calculs dérisoires. Nous savons mieux que tous les petits gestionnaires que vous fréquentez comment procéder. Autrement dit : faites-nous un don...

— Un don ?

— Disons qu'aux yeux de tous, c'en sera un. En contrepartie nous versons annuellement 500 000 de vos francs sur un compte anonyme que vous ouvrirez dans la banque de votre choix.

La voiture s'arrête devant chez Bianca. Les derniers clients du bar sont hypnotisés par mon arrivée en Mercedes. Le conducteur sort pour m'ouvrir la porte. Le patron du bar croit à une hallucination.

— J'ai entendu dire que vous aviez des problèmes avec la ville. Et peut-être avec d'autres, encore...

— Vous êtes bien renseigné.

— Les voies du Seigneur sont impénétrables, n'est-il pas... Réfléchissez à cette proposition. Mais avez-vous le loisir de refuser ?

Non. Bien sûr que non. Il le sait aussi bien que moi.

— Et sachez que si vous acceptez notre marché, vous bénéficiez totalement de notre protection. Je ne pense pas que qui que soit oserait la mettre à l'épreuve.

Avant de repartir, il a ajouté :

— Pour ça, ne vous faites pas de soucis. Je passe vous prendre vers onze heures ? Et nous irons ensemble à la cérémonie, n'est-ce pas ?

Il a relevé sa vitre et leur voiture s'est évanouie en silence.

Autour de moi, des visages mauvais, étonnés, silencieux.

J'aurais pu me faire lyncher dans la plus grande impunité.

Mais personne n'a osé m'approcher à moins de dix mètres.

J'ai senti comme un champ magnétique tout autour de moi.

Bianca a tout vu de sa fenêtre. Elle a disparu, un moment.

Et j'ai entendu la porte de sa maison s'ouvrir.

*

— On a oublié le verrou, je te dis.

— La serrure et le verrou, à double tour, j'ai déjà vérifié, Antonio. Essaie plutôt de dormir, le jour va se lever.

— Pour quoi faire, dormir ? T'as du Tranxène ? Il est quelle heure... Ou du Valium, oui, ça c'est bien... Ou tu Temesta, juste un ou deux. S'il te plaît...

— J'ai rien de tout ça... Je peux te faire une tisane...

— Une tisane ! Tu te fous de qui ? Ils sont pourris ces volets... Ils servent à rien, je te dis... T'as de l'alcool ? De la grappa, un truc... Je sais pas...

— Du vin ?

— Du vin... Je veux plus entendre parler de ce putain de vin... J'ai envie de... J'ai envie de... Comment on dit « gerber » dans ta langue ? « Gerber », ,vous gerbez jamais, vous, les ritals ? Je suis sûr que le verrou n'est pas fermé, des fois on est sûr d'avoir fait un truc, on en est persuadé, à tel point qu'on l'oublie, il est quelle heure... ?

*

— Réveille-toi, Antonio. Ça va être l'heure de la messe.

... Les vignes... Il faut que je rejoigne les vignes...

— Bianca... ? Il est quelle heure... ?

— Presque onze heures. Tu t'es endormi il y a deux heures à peine.

Oui... Je me souviens. Le soleil était déjà haut. Mes paupières ne s'ouvrent plus... Il faut que je rejoigne les vignes... Le banquier a raison. Sans sa protection je suis foutu. Il va tout reprendre en main. Et je pourrai rentrer à Paris...

— Une voiture m'attend en bas ?

— Oui. Une grosse.

J'ai perçu dans sa voix comme un malaise quand elle a dit ça, et mes yeux se sont ouverts tout seuls.

— Une Mercedes ?

— Non. Une Cadillac.

— ... ?

— Et la deuxième cherche à se garer...

Je me rue sur Bianca et la secoue de toutes mes forces, elle hurle.

— Tu veux me faire crever ici ou quoi !

— Tu deviens fou, Antonio !

Elle éclate en sanglots et m'envoie une gifle en pleine gueule.

Je jette un œil dehors à travers les rideaux. Ils sont là. Ils m'attendent. La Mercedes n'arrive pas.

— Aide-moi, Bianca...

Elle essuie ses larmes avec un coin de tablier. Lentement, elle reprend son souffle et réfléchit un instant.

— Tu veux vraiment sortir ?

— Oui...

— Dans le patio... Il y a la vespa de mon père. Elle marche encore, je la prête souvent.

— Et alors ?

— Je sors la première pour les retenir une seconde, et tu files. Et ensuite, j'ai plus qu'à prier pour toi, Antonio...

*

Cinq minutes plus tard nous sommes au seuil de la porte cochère, l'engin démarre au quart.

— Qu'est-ce que tu vas leur dire ? Ceux-là, c'est pas ceux de la télé.

J'enfourche la mobylette, elle sort, j'attends un instant et fonce dans la rue sans me retourner, une voiture m'évite de peu, je fais hurler le moteur.

J'avale la *Via Nazionale* en trois coups d'accélérateur, je ne peux plus regarder en arrière, on gueule sur mon passage, le soleil m'aveugle.

Ne pas regarder en arrière...

La route se resserre, je suis déjà à la limite de la ville.

Je sors de l'asphalte pour m'engager dans le chemin de pierraille.

Quelques bêtes à cent mètres de moi, le berger lève les bras pour me prévenir, je ralentis une seconde et regarde derrière moi. Les Cadillac me talonnent, je contourne le bétail, trop vite, et je dérape dans le fossé en hurlant.

Projeté contre un arbre.

Je suis sonné mais parviens à me relever, cassé en deux, une cheville me fait hurler de douleur, le berger fonce vers moi en gueulant, le bâton brandi en l'air. Je m'enfonce dans les bois, deux coups de feu résonnent, je cours n'importe où, des branches me giflent, je trébuche dans des buissons. La brûlure au pied m'arrache des cris rauques que j'essaie de réprimer pour éviter qu'ils me repèrent.

Ces salauds vont m'avoir...

La forêt est immense, si je m'y perds, les autres s'y perdront peut-être aussi... Je ne sais pas comment rejoindre les vignes... Il faudrait que je m'arrête un instant pour me repérer dans cette jungle...

Impossible. Pas le temps.

Ces salauds ne m'auront pas.

*

J'ai couru longtemps, la cheville brûlante, sans pourtant sentir la douleur. A bout de souffle, je me suis écroulé à terre.

Tout est redevenu silencieux.

Et j'ai attendu. En soufflant comme un bœuf écorché.

Lentement j'ai relevé la tête. Et puis, au loin, entre les frondaisons, j'ai vu cette fenêtre.

Une phrase m'est revenue en mémoire.

Tu vois les lumières, là-bas, derrière les arbres ? C'est là que j'habite. Je voulais juste te dire ça... Si t'as besoin de t'abriter... Tu peux passer quand tu veux.

C'est la maison de Mangini. Sans savoir encore pourquoi j'ai poussé un soupir.

*

Des larmes me sont montées aux yeux quand il a ouvert la porte. Nous sommes restés un instant, l'un devant l'autre, sans savoir quoi dire.

— Signor Polsinelli... ?

Il m'a fait entrer dans une grande pièce presque nue avec une gigantesque table en chêne de plus de trois mètres de long. Je m'assois et me masse la cheville, ivre de fatigue. Mangini prend un air dégagé, comme s'il n'avait pas senti que j'étais mort de peur.

— Ça fait dix fois que je l'invite depuis son arrivée, mais je ne pensais pas qu'il viendrait juste aujourd'hui... Quand tout le monde s'agite autour de ses terrains.

— On s'agite trop. Ils veulent tous...

J'ai fermé mon clapet juste à temps, au bord de la confidence.

— Dites, signor Mangini, je peux me reposer un instant chez vous... ? On cherche après moi, ce serait trop long à vous expliquer...

Il se dirige vers un placard et sort sa carabine, qu'il charge et pose sur la table.

— Personne ne pourra vous retrouver, ici. A moins qu'il ait dit à quelqu'un qu'il allait chez ce vieux brigand de Mangini... ?

— Non, personne ne le sait.

Entre ses murs, sa présence et son fusil. Je me suis senti tout de suite en sécurité.

— Dites... Vous n'êtes pas si vieux que ça, Signor Mangini.

— Qu'il me donne un âge.

— Soixante.

— Merci. J'en aurai soixante-treize le mois prochain.

Sa troisième personne de politesse est revenue, comme un automatisme.

— Qu'est-ce qu'il pense de ma maison ?

Elle est superbe. Une petite villa à deux étages, en plein cœur de la forêt. Le refuge rêvé pour un ermite qui ne fait pas son âge.

— J'ai construit ça tout seul, en 53. Parfaitement seul. Pas un seul homme dans le village n'est venu m'aider.

Il a dit ça sur un ton de rancune et de fierté mêlées, une petite vacherie revancharde à laquelle je ne m'attendais pas.

— Parce que tout le monde me hait dans ce village, on ne lui a pas dit ?

Je ne comprends pas pourquoi il dit ça mais, vu ce que les gens de Sora m'ont fait subir, je suis tout prêt à le croire.

— Tout le monde a l'air de bien vous respecter, signor Mangini.

— C'est pas du respect, c'est du silence !

Je ne cherche pas à en savoir plus long. Tout ce que je veux, c'est m'attarder le plus longtemps possible dans cette maison qui sent bon la pierre sèche et le bois ciré.

Justement, à mesure que nous parlons, une odeur me saisit par surprise, je la sens graduellement monter, j'en cherche l'origine partout dans la pièce. Mangini n'y prête aucune attention, comme si son nez en était saturé depuis des lustres. Le mien frémit plusieurs fois, l'accoutumance à l'odeur s'installe petit à petit, et je la perds déjà. Un parfum bizarre, hybride, végétal, chaud et fade à la fois, sans couleur. Elle ne fait appel à rien que je connaisse déjà, mais suggère un mélange de choses qui, prises indépendamment, ont toujours fait partie de ma vie.

— Allez, il doit se reposer un peu, il peut enlever son gilet, signor Polsinelli. Il doit avoir faim avec tout ce qui se passe, non ? J'allais justement me mettre à table. Il sent ce qui arrive de bon, là derrière... ?

De la bouffe ? Une odeur de graillon ? J'aurais pu tout imaginer sauf ça, de la vapeur de foin séché, le remugle d'un herbier jamais ouvert, des émanations de braises et de cendres, tout sauf quelque chose qui cuit en vue d'être goûté. C'est bien le contaire de chez Bianca, où le moindre fumet me donne envie d'une orgie romaine. Pourtant je ne me sens pas vraiment rebuté par ce qui mijote. Curieux, tout au plus.

En deux mouvements il a dressé le couvert. Quand il a sorti une troisième assiette, je me suis levé lentement.

— Vous attendiez quelqu'un ?

— Oui. Un parent. Qu'il se rassoit.

— Ecoutez, je n'ai pas très faim, je n'étais pas prévu et je ne veux pas vous déranger...

Mangini sort une bouteille et remplit deux verres de vin.

— C'est mon neveu, le fils de ma sœur. Il passe me voir de temps en temps. Depuis la mort de sa mère, on s'est rapprochés, lui et moi. Et s'il n'était pas là, je crois bien que je ne parlerais à personne de toute l'année. Mais si vous n'avez pas envie de rester, dès que mon neveu arrive, il vous raccompagnera à Sora, ça va bien comme ça… ?

— Non, pas à Sora, sur les vignes. Je dois aller sur mes vignes.

— Pour la messe ? Comme il voudra ! Alors ? Vous restez ?

Bien sûr que oui. Je ne peux pas faire autrement. Et je n'en ai plus envie. Je jette un œil vers la carabine. Il le remarque.

— N'ayez plus peur de rien, personne ne vous retrouvera ici. Asseyez-vous dans le salon, le temps que le neveu arrive et que je mette l'eau à bouillir.

La cheville me fait moins mal, ce n'est ni une fracture, ni même une entorse. Rien que pour changer d'ambiance, je quitte la salle à manger, passe devant la cuisine d'où nous vient cette odeur indescriptible, et pénètre dans une grande pièce où un vieux fauteuil écaillé trône devant un gros coffre en bois qui doit servir de repose-pied. Exactement ce qu'il me fallait. Il n'y a absolument rien d'autre autour. Un vide glacé. Pas de télé, pas de photos de famille sous cadre, pas de magazines. Juste un fauteuil et un coffre. Un dépouillement étudié. Un climat étrange.

Quelles heures peut-on passer dans une telle pièce ? Qu'est-ce qu'on y cherche ? Du repos, de l'oubli ?

Ou bien le contraire. On y rassemble ses pensées profondes, le fruit de ses méditations, ses souvenirs. Il faut avoir déjà tout dans la tête.

— Il a trouvé de quoi patienter, signor Polsinelli... ? crie-t-il du fin fond de la cuisine.

Trouvé quoi ? Il n'y a rien à trouver ici, on peut tout juste perdre ce qu'on avait déjà en entrant. Cette pièce doit servir à attendre que les choses remontent d'elles-mêmes. Il suffit d'attendre. Et doucement, elles refoulent. Elles émergent.

Le coffre est juste à mes pieds. Tentant.

Je regarde vers la cuisine, pose une main sur le crochet. Sans faire le moindre bruit, je soulève le couvercle.

Il m'a fallu l'ouvrir entièrement pour y discerner le contour des deux seuls objets qu'il contenait. J'ai d'abord cillé puis plissé les yeux.

Pour tenter d'y croire...

Au fond de cet abîme en bois, j'ai vu cette grosse épaisseur de tissu noir et plié, avec un col impeccablement lisse et rigide. A côté, un revolver qui ressemble à un lüger. Le revolver aurait dû me foutre la trouille. Mais c'est plutôt la chemise qui m'a causé un choc. La chemise noire dont le col est brodé d'une initiale rouge. Le M.

Je sens le cœur me battre jusqu'aux tempes.

Ils étaient toujours bien propres ces salauds-là, mais vers la fin, ils étaient plus très fiers, les fascistes. Je sais pas pourquoi, mais le Compare et moi, on avait la trouille des camps de concentration. Y'avait pas vraiment de raison, mais on avait peur quand même d'être envoyés à la mort. C'était comme ça, c'est pour ça qu'on essayait de pas les rencontrer. Mais ça arrivait, des fois, et il se foutaient de nous, ils nous traitaient de lâches. J'ai pas osé élever la voix, et ça prouve qu'ils avaient sûrement raison. Mais j'avais envie de leur dire que mon seul honneur, dans l'histoire qui nous a menés jusque-là, c'était d'avoir jamais rencontré un seul type qu'a voulu me faire la peau, d'avoir jamais rencontré un seul type à qui j'ai voulu faire la peau, que j'avais jamais vu la première ligne de ma vie, que pendant leur connerie de Campagne de Grèce j'ai attendu que ça se passe tout seul. Pendant quatre longues années. Et c'était pas encore fini.

— C'est presque prêt, signor Polsinelli... !

Un ancien fasciste...

Mangini faisait partie des troupes de Mussollini. Un de ces forcenés que mon père a toujours retrouvés sur sa route, jusqu'au bout. Je ne savais pas qu'il en existait encore, des vrais, comme on les voit dans les films, noirs et propres, des compagnons de la mort aveuglés par un Duce impeccable et lisse. Le M de Mussolini, sur la chemise, était un grade réservé aux officiers. Un privilège. Mon hôte n'était pas n'importe qui.

— J'espère qu'il a faim... !

Faim... ? Un authentique fasciste m'invite à dîner, il me recueille, me protège. Et s'inquiète de ma faim. J'ai refermé le coffre.

Ses grands gestes m'invitent à passer à table. Son port de tête, sa violence, sa rigidité naturelle, son ermitage, tout ces détails se mêlent, s'expliquent, et je ne peux m'empêcher, même à tort, de les draper dans une chemise noire.

— C'est presque prêt, asseyez-vous, mon imbécile de neveu a encore une minute pour arriver pendant que les pâtes sont encore chaudes. Vous allez goûter à ma spécialité ! Ammazza !

Je ne sais plus quoi faire, partir, lui cracher à la gueule, lui hurler tout ce que mon père pourrait hurler. S'il n'a pas brûlé sa chemise et jeté son calibre au feu c'est par nostalgie. Chacun sa guerre. Chacun ses souvenirs. Chacun ses trophées.

Je pensais m'être fait un ami.

Mais malgré tout le dégoût qu'il m'inspire, il faudrait que je sois cinglé pour l'insulter et quitter les lieux quand des types veulent me plomber, au-dehors. Je suis coincé. Et forcé de choisir le moindre mal.

— Je les fais bouillir à peine, c'est comme ça qu'il faut les manger. Vous savez pourquoi les Italiens mangent les pâtes *al dente ?* Parce que c'est un plat de pauvre, et dans les temps difficiles ils les mangeaient presque crues pour qu'elles continuent de gonfler dans l'estomac, ça tient au ventre bien plus longtemps.

— Vous sentez cette odeur fétide ? je demande.

— Quelle odeur... ?

— Cette odeur de cuisine.

— Ma sauce ?

— C'est une sauce à l'huile de ricin ?

Les bras croisés il me regarde, un peu hébété, puis il retrouve son sourire en coin.

— On ne cuisine pas à l'huile de ricin.

— Oui, j'oubliais, c'est même le contraire, avec l'huile de ricin on purge.

Silence. Je ne m'assois toujours pas. Il retourne dans sa cuisine sans relever mon allusion à la purge.

Je regrette déjà, ça m'a presque échappé. Comme si je voulais à toute force qu'il me vire de chez lui. Sa voix parvient jusqu'à moi dans un bruit de friture.

— Il est jeune, signor Polsinelli... Mais je l'admire quand même. Il parle comme un gosse de chez nous, il ressemble à un gosse de chez nous, et il est aussi débrouillard qu'un gosse de chez nous. A croire que tous les gosses de chez nous naissent maintenant à Vitry sur Seine.

Je reste un moment debout sans savoir prendre de décision, sans savoir quoi dire.

— A table !

Tout s'embrouille. Lui, son âge, son passé, son histoire et toutes les choses que je n'ai pas envie de connaître. Il revient de la cuisine en portant comme un calice un gros saladier d'où s'échappe cette odeur étrange, puis pose le plat sous mon nez et immédiatement je réprime un haut-le-cœur et porte une main à ma bouche.

— Elles sont parfaites... Parfaites ! Si ça ne lui plaît pas, je peux vite préparer autre chose, mais il aurait tort.

Son enthousiasme semble de plus en plus sincère. Il sourit et me tape sur l'épaule. Je sens qu'il a envie de me faire partager sa faim.

Je ravale un instant mon dégoût pour regarder dans l'assiette qu'il me sert. Un magma blanchâtre, sans sauce, pas même une goutte d'huile, des petits filaments verts, épars, des feuilles bouillies, et une sorte d'émulsion jaune qui n'égaye rien. Aucune esthétique, sûrement aucun goût. Seule l'odeur fade a pris un regain de chaleur et de violence.

Il s'attable avec bonheur, me sourit avec la plus grande gentillesse. Un silence se fait.

Je retire lentement la main de ma bouche. Ferme les yeux. Et c'est seulement maintenant que l'essentiel m'apparaît.

Je réprime un nouveau hoquet, je transpire, je n'arriverai pas à maîtriser mon estomac plus longtemps.

— Qu'est-ce qui se passe, Antonio... ? Il n'aime pas les rigatoni... ?

En y regardant à nouveau je retrouve tout, les grains de maïs, les pissenlits, le parfum âpre de la menthe...

Cette odeur obsédante me monte à la tête.

Comment tu as pu bouffer ça, Dario... ?

Je me suis penché de côté, un hoquet plus fort que les autres m'a ouvert la bouche et j'ai vomi un filet de bile qui m'a brûlé l'intérieur.

Mangini se lève, un peu défait, et fait un geste des mains pour montrer son désarroi.

Tu comprends mieux, maintenant, Antoine... ? Tu te sentais à l'abri, dans cette maison ? Et tu ferais tout pour retourner dehors, hein ? Seulement toi, tu as peut-être encore une chance de t'en sortir... Parce que Mangini ne se doute pas encore que tu as compris... Compris qu'il est bel et bien l'assassin de Dario...

— J'ai déjà eu plus de succès, Antonio Polsinelli... vous allez me faire offense.

— Pardonnez-moi, ça va passer...

— Je suis désolé, c'est une recette à laquelle je tiens. Je pourrais accommoder toutes les sauces d'Italie, même les plus étonnantes, mais je n'aime pas la cuisine qu'on trouve dans le premier restaurant venu. En cuisine, il faut oser !

— Excusez-moi, Signor Mangini... J'ai un malaise... Des bouffées de chaleur... Je vais faire quelques pas dehors, ça ira mieux...

Dès que je me lève, il pose la main sur son fusil, j'ai compris, il a compris, je plaque mon dos contre la porte sans quitter des yeux le vieux fou, je cherche la poignée, la porte s'ouvre d'elle-même...

J'ai poussé un cri quand on ma empoigné les cheveux, par-derrière.

Un autre quand on m'a cassé les reins. Et ma gueule s'est écrasée contre un meuble. J'ai toussé en me serrant les côtes, j'ai voulu me redresser mais, avec un coup de pied en pleine figure, on m'a obligé à rester à terre.

Je ne sais pas combien de temps a duré ce moment, mais je l'ai fait tarder le plus longtemps possible pour ne pas recevoir d'autres coups.

Mangini s'est penché sur moi et je me suis recroquevillé un peu plus.

— Il se relève pour que je lui présente mon neveu, qu'il connaît déjà.

Porteglia se penche en se massant le poing, comme s'il se préparait à recogner. La première fois j'étais fin saoul. La seconde, j'étais de dos. Ça veut sans doute dire qu'il ne faut pas craindre une pareille petite ordure.

— Sole il nipote capisce lo zio, me dit Mangini.

« Seul le neveu peut comprendre l'oncle. » Ça sonne comme un dicton, il faut s'y attarder un peu pour en saisir le sens, quand il y en a un, et pour l'instant, je ne le vois pas. « L'oncle et le neveu » on dirait une farce à l'italienne. Un presque père et un faux fils. Le lien du sang sans le respect des rôles. La connivence sans le devoir. Le jeu avant toute gravité. Il suffit de voir comment ils ont procédé, en se relayant autour de moi, comme les deux larrons d'une fable dont je serais la pauvre victime. Oui, une fable. Sans morale apparente.

— Qu'il fasse honneur à ma spécialité. Qu'il se force un peu !

Pour appuyer son invitation, il me montre le révolver qu'il a sorti de son coffre et le charge ostensiblement. Comme si le fusil ne suffisait plus. Porteglia m'empoigne, me relève, me pousse sur une chaise. Ils croient sans doute que je vais manger avec un canon sur la tempe. Surtout ce plat de mort. Bouffer ça, c'est se préparer à passer de l'autre côté. Le neveu s'assoit à ma gauche et l'oncle me met une fourchette dans la main, comme à un gosse puis se penche à mon oreille pour faire ce que ferait une mère pour obliger son môme à manger.

— Qu'est-ce qui lui arrive... ? Hein... ? C'est Attilio qui vous coupe la faim ? Ou bien c'est à cause de la chemise qu'il a vue dans mon coffre ? Il n'en avait jamais vu avant ? Et il pense qu'il serait tombé dessus si je n'avais pas voulu la montrer ? Il a peur du noir ?

J'ai cherché un bon moment quoi répondre, et seule l'insulte m'est venue à la bouche. Et en français. L'insulte, c'est peut-être l'instinct d'une langue.

— Fasciste de merde.

— A croire que je parle le français, j'ai tout compris... Mais j'ai l'habitude, avec les gens du pays. Et ils se trompent, eux aussi. Je n'étais pas un vrai fasciste. En tout cas pas longtemps. Si j'ai gardé la chemise, c'est pas comme relique. C'est plutôt comme le suaire d'un fantôme que je garde bien enfermé dans le coffre.

— Fasciste de merde.

Porteglia m'a balancé une claque dans la nuque. A ce moment-là je lui ai sauté à la gueule pour lui planter ma fourchette dans l'œil. Comme ça. Au cri qu'il a poussé j'ai bien cru avoir réussi, quand en fait je n'ai arraché que sa joue.

Bien sûr il m'a à nouveau roué de coups, à terre, jusqu'à me faire péter une arcade avec le bout de sa chaussure. Il a voulu m'aveugler, et a failli y parvenir quand l'oncle l'a écarté.

— Dario n'a pas fait tant de manières, me dit l'oncle.

Le neveu se rassoit, une main sur la moitié du visage. La blessure lui a redonné une vigueur incroyable. Je me relève en gardant une main sur l'œil.

— Au contraire ! Il avait bien aimé la cuisine de tonton, hein tonton ? Je me souviens d'avoir trouvé un Gevrey-Chambertin de 76 dans une petite boutique près du Palais-Royal, pour accompagner les rigatoni. Une petite merveille, hein tonton ?

Pas de réponse.

— C'est dans ce quartier que j'ai appris l'œnologie, et j'ai toujours mon petit studio, rue de la Banque, c'est là qu'on a invité Dario. J'adore Paris.

— C'était la première fois que j'y allais, et j'y remettrai jamais les pieds, fait Mangini en gardant une main sur son arme. J'avais même oublié comment on tirait avec ce truc... Pensez, la guerre, c'était y'a cinquante ans... Et même là, je m'en étais pas servi beaucoup, j'étais pas un bon soldat...

J'ai fermé les yeux.

— Mais ce petit malin de Dario, c'est vraiment tout ce qu'il méritait, tiens. Six mois plus tôt il était venu m'acheter le terrain, et j'avais bien ri sur le coup... C'est après, quand je l'ai vu traîner autour de la chapelle au lieu de la détruire et poser des questions partout sur Sant'Angelo, que là, j'ai commencé à comprendre ce qu'il avait en tête. Je me souviens même d'un jour où je lui ai dit, comme le stupide que j'étais, que s'il réussissait à faire du bon vin ce serait un vrai miracle, et ça l'a fait rire !

Porteglia pique une pâte sur sa fourchette et me la met sous le nez. Je n'ouvre pas la bouche, il me frotte les lèvres avec, Mangini braque son pistolet vers moi. J'entrouvre les lèvres.

— Au début je l'ai pris pour un fou, mais après... Qu'il se mette à ma place, Signor Polsinelli, j'y suis presque né, dans ce terrain, et j'ai jamais rien vu... Et il a fallu que ce soit un jeune imbécile de petit Parisien qui ait cette idée du diable... J'en ai plus dormi les nuits.

Je mâche sans respirer, ça n'a pas de goût, pas même celui du sel, je ferme les yeux très fort. Et recrache tout sur la table.

— Alors je l'ai prévenu que j'avais tout compris, et que son plan me plaisait bien, et qu'il ne se ferait pas sans moi. Je lui ai laissé le temps de réfléchir et je suis venu à Paris pour une seule soirée, le temps qu'on dîne tous les trois et qu'on discute, il m'a proposé dix pour cent des recettes, une misère, pas de quoi me faire un café... Et je l'ai tué, parce que normalement, après sa mort, y'avait plus que sa mère, et sa mère je lui aurais racheté tout le terrain, pas compliqué, et Sant'Angelo, je le faisais revenir moi-même...

Je n'ouvre toujours pas les yeux et m'efforce de ne plus rien entendre. Seul compte le supplice de la fourchette.

A partir de l'hiver 44, on s'est mis à avaler n'importe quoi. Je me souviens même d'une forêt où on a réussi à tenir plusieurs jours en mangeant que des groseilles. Une autre fois j'avais trouvé un rassemblement de tortues, par dizaines, va savoir pourquoi, mais rien ne m'étonnait plus dans ce pays. Fallait tout accepter. J'avais pris le coup avec la pioche pour casser la carapace. Il fallait quatorze tortues pour avoir à peu près 200 grammes de viande. Le meilleur, c'était les œufs, le Compare nous faisait un ragoût plutôt bon, avec. Il était capable de nous fabriquer des gamelles de saloperies trouvées partout autour de nous et ce qu'on arrivait à voler chez les fermiers au risque de notre vie. Avec ces croûtes, ces pissenlits, ces bouts de choses, il arrivait à nous faire manger, fallait pas demander quoi, mais l'important c'était qu'il y arrive, si bien qu'à un moment, le groupe de cinq qu'on était, on a fini par penser qu'il était le plus fameux cuisinier du monde. On a jamais vomi une seule fois, tu penses... Bon, c'est vrai que le plus souvent on pensait à autre chose au moment de faire passer au bout, d'accord, mais c'était quand même un magicien. Pour ça, il en avait, du talent, c'était la seule manière qu'il avait de me faire plaisir, et de me rembourser toutes les vies que je lui ai sauvées, à celui-là.

— Et le notaire m'a annoncé l'arrivée d'un nouveau patron, et là je me suis mordu les doigts jusqu'au sang. On peut comprendre ça, non ? Presque le même que Dario, mais avec quelque chose en moins, ou en plus, je ne sais pas. Et c'est simple, je me suis dit que tout n'était pas perdu et que je pouvais encore lui racheter les terrains avant qu'il comprenne... Même l'argent, même les coups de bâton, rien à faire, le nouveau Parisien était encore plus coriace que le premier.

... Noël 44, je peux pas t'assurer qu'on croyait encore beaucoup en Dieu. On avait tous quelqu'un dans la tête. Une fiancée, un enfant, et à tous ces gens on aurait aimé leur dire qu'on les avait défendus ou protégés. Mon cul, oui... Quatre ans plus tard, on savait encore moins ce qu'on foutait là, à Noël. Et vraiment plus rien à bouffer, cette fois. On y croyait plus, en Dieu, ou alors on croyait qu'à lui, parce que ce vingt-cinq décembre là, tu me crois si tu veux, on a vécu comme on pourrait dire : un miracle. Oui, un miracle, j'ai pas d'autre mot. On avait entendu qu'une garnison fasciste venait de s'installer à sept kilomètres de notre trou, avec du ravitaillement. On s'est demandé lequel d'entre nous irait, y'en a deux

qu'étaient cassants de froid, le petit Roberto il avait la trouille, et on peut pas dire que le Compare lui donnait des leçons de courage, mais de toute façon ce serait moi parce que je pouvais plus tenir là, j'en avais envie... Le Compare a essayé de me retenir, il avait peur d'y passer, loin de moi, et je lui ai promis de revenir. Robertino m'a donné ses chaussures et je suis parti. Et je suis revenu. Et je peux même pas te raconter comment ça s'est passé, parce que je m'en souviens pas beaucoup, j'ai discuté avec eux, j'ai fait semblant de parler, de les écouter, de leur demander des nouvelles d'Italie, mais tout ça j'en avais rien à foutre, tout ce que je voyais c'était la réserve de vivres. J'ai mangé, ils se sont foutus de ma gueule, un gradé m'a dit qu'il m'accueillait dans son détachement, j'avais qu'à mettre l'uniforme si je voulais avoir une chance de regagner le pays. J'ai joué les idiots, j'ai dit que ça pouvait attendre la fin de la nuit, ils sont tous allés se coucher, et je leur ai volé huit kilos de pâtes. Huit... Ça te dit quelque chose... Huit... J'ai mis tout ça dans une cantine, j'ai cru mourir de fatigue, mais je sais pas pourquoi, à l'idée que je devais m'éloigner d'eux, ça m'a poussé des forces partout, et je suis retourné vers les autres qui m'attendaient encore. On s'est tous mis à chialer quand j'ai montré le trésor. Jaune comme l'or... Je peux pas te dire aujourd'hui comment c'était, mais... J'avais volé des pâtes sans savoir vraiment lesquelles, c'était la nuit noire... Et au petit matin j'ai compris qu'on avait devant nous, pour les jours à venir, huit kilos de rigatonis...

Une gifle de Porteglia me fait revenir parmi eux. Ils ont fini leur assiette. Mangini se cure les dents, détendu, presque affalé dans sa chaise. Porteglia se ressert du vin et le déguste avec des glapissements de satisfaction.

— Quel beau miracle il nous a fait, le signor Polsinelli... C'était une bonne idée, le jour du Gonfalone... Mais s'il y a quelque chose que je ne m'explique pas, c'est Marcello...

Ils se figent tous les deux en même temps, échangent un regard, puis s'approchent de moi.

— Vous allez nous le dire hein... ? fait le neveu.

— Mais oui, il va nous le dire, ce qui s'est passé avec ce salopard d'aveugle. Je le connais depuis toujours, cet ivrogne. Je l'ai toujours vu en train de ramper et tendre la main, alors c'est pas moi qu'on va prendre pour un con avec cette histoire de miracle...

... Un miracle, à Noël, après tout, autant ce jour-là... La pasta, quand on l'a pas mangée depuis des mois et des mois, et même plus, c'est mieux qu'un miracle. Le Compare nous avait promis de ne pas les gâcher, ces pâtes, et que pour un jour de fête il ferait le mieux possible, alors il a récolté ce qu'il y avait de meilleur. Et il nous a inventé une recette sur place. Du maïs volé dans une grange, de la menthe, et des pissenlits. Le vrai bonheur, c'était d'avoir du rouge, de la tomate, mais ça, même Dieu il aurait pas pu nous en trouver là où on était, alors le Compare nous a inventé les rigatonis à l'Albanaise... On a coupé le reste de bois pour faire un grand feu pour la marmite, on s'est installés autour, comme si on était au cinéma, et petit à petit l'odeur de la sauce nous est montée à la tête, et j'ai jamais senti un parfum aussi extraordinaire

de toute ma vie, mon estomac s'est ouvert comme une crevasse, et je me suis dit que les huit kilos pouvaient y passer...

Porteglia, cette fois, m'envoie un coup de poing dans le nez, ça craque en dedans, et ça se met à pisser doucement.

L'histoire de l'aveugle les a énervés. C'est le seul détail qui ne tourne pas rond dans la combine, et Mangini et son neveu ne me tueront pas avant de savoir. Du sang coule sur mes lèvres, et je ne sais pas... Je ne sais pas...

Mes yeux se gonflent tout à coup de larmes.

Après le festin, on est restés là une heure, sans rien dire, le ventre en l'air, à attendre que tout le corps vive son bonheur tout seul sans être dérangé. Tu penses bien qu'après la faim, on pensait tous à la même chose... Le vin... Le vin... Le rouge... Mais ça, même Dieu il aurait pas pu nous en trouver là où on était... Et demander deux miracles le même jour... Robertino, qu'avait des bons souvenirs de cathé, il nous racontait la multiplication du pain et du vin, on lui demandait de répéter le moment du vin, l'un de nous a juré que s'il rentrait au pays, il deviendrait viticulteur et qu'il vendrait rien à personne, mais il est pas rentré. Les huit kilos de rigatonis reculaient un peu l'échéance, on les a fait durer, durer, et le Compare avait pris l'habitude de sa sauce, on pouvait pas lui demander d'innover... Malgré tout on attendait la mort. On y pensait comme tous les soldats. Sauf que nous on était même plus soldats... J'te le dis, j'ai déjà payé, fils, pour toi et ton frère, et pour les fils que vous aurez, et il faut que jamais vous vous retrouviez dans un merdier pareil...

Mangini n'en peut plus. Mon silence n'a fait qu'enflammer sa hargne. Pourquoi me laisserait-il en vie ?

— T'en profiteras pas, de cet argent, Antonio... Ça me ferait trop de honte. Trop de mal. Et puis, comment je pourrais te laisser sortir d'ici, hein ? Maintenant que tu sais que j'ai tué l'autre petit crétin.

J'ai bien essayé de parler.

De négocier.

De me débattre.

Mais je ne peux même plus ouvrir la bouche.

Je vais faire la même fin que toi, Dario.

Normalement je devrais avoir peur.

Mais ça ne vient pas.

Je ne sais pas pourquoi.

— Dommage... J'aurais bien aimé comprendre ce dernier tour du Dario... Comment il a rendu la vue à cet aveugle de merde.. Parce que c'était une idée de Dario, hein ? Vous vous ressemblez vraiment, tous les deux...

Mangini m'empoigne le menton entre le pouce et l'index, il serre fort et tourne mon visage pour pouvoir le scruter d'encore plus près.

Sa voix s'est faite plus douce. Dans ses yeux, j'ai vu un petit éclat de tendresse, furtif.

— Toi... Antonio... T'es un peu comme Dario... Mais y'a quelqu'un d'autre à qui tu ressembles encore plus... Bien plus... C'est pas étonnant, tiens...

En février, Robertino est mort sur le chemin de Tirana, et le Compare et moi, on s'est retrouvés tous les deux, comme toujours depuis le début. C'était même un mystère, on aurait dit qu'on était immortels tant qu'on restait ensemble, et en danger de mort si un s'éloignait un peu trop. On a marché en pensant au bateau. Et puis, une nuit, on a vu un campement, des bruits, du feu, et le Compare, à bout de force, a voulu y aller tout de suite, et je l'ai empêché, c'est vrai, on savait pas ce qu'on allait trouver, des Allemands, des résistants albanais, des fascistes, des amis ou des ennemis, il fallait plutôt attendre le matin. Et je me suis endormi en lui disant : « fais-moi confiance, imbécile, ça t'a pas porté malheur jusqu'à maintenant »... Tu me crois si je te dis qu'on m'a réveillé le matin avec un coup de botte... ? Des fascistes, j'avais gagné le gros lot, et j'ai pensé que le Compare et moi on était encore plus dans la merde que la veille, et je lève les yeux et je vois ce con-là, debout, tout propre, tout noir. Au début j'ai pas bien compris, j'étais pas bien réveillé, je me souviens, je l'ai regardé en lui disant : « hé ho... t'es dingue ou quoi? Faut qu'on rentre, on n'a pas que ça à foutre ». Je sais pas ce qu'il est allé leur raconter mais l'un d'eux a sorti un pistolet et m'a demandé de les suivre, j'ai couru comme un fou et j'ai reçu cette balle dans le haut de la jambe. Une douleur qui me lance encore aujourd'hui. Ils ont dû croire que j'étais mort, et personne n'est venu vérifier... Même pas lui...

Je n'ai pas peur. Mangini me presse toujours le visage dans sa paume. Il saisit son arme et pointe le canon sur ma tempe.

— Pourquoi tu t'es mêlé de tout ça, Polsinelli ? Quand j'ai entendu le nom que tu portais, j'ai fait un saut dans le temps... Loin en arrière... De Polsinelli, j'en ai jamais connu qu'un...

Il me regarde encore plus intensément, je ne le supporte pas, je ferme à nouveau les yeux.

— C'est le diable qui l'avait fait exprès, de m'imposer ce coup du sort... Presque cinquante ans plus tard... Alors j'ai ri, en t'attendant.

Sa main s'est mise à trembler, mes paupières se sont contractées.

Après la détonation je me suis écroulé à terre, j'ai hurlé, et j'ai vu.

La vitre brisée.

Porteglia prostré à terre, et Mangini, debout, immobile, les deux mains soutenant son flanc droit.

Au-dehors, une silhouette, derrière la vitre.

Je n'ai rien.

Porteglia hurle, la porte s'ouvre. Je suis vivant. Mangini titube un instant puis se penche sur la table et y pose le front. Je n'ai jamais pensé que j'allais mourir.

On entre. Mangini relève la tête. Je suis bien. Tout va bien.

Mon père. Au seuil.

Il est là.

Porteglia rampe vers moi et me supplie.

Je n'ai jamais eu peur.

J'ai reconnu son pas claudiquant, il avance vers Mangini, recharge son fusil et enfonce le canon dans sa nuque.

Et je pensais au Compare en me disant, mais

qu'est-ce qui lui a pris ? On s'est toujours débrouillés sans personne, sans l'armée, sans chef, sans arme, sans bouffe, avec juste l'envie de rentrer qui nous tenait au ventre, et tant qu'on était deux on évitait le pire, et on préférait être à poil plutôt que mettre une chemise, noire, rouge, ou kaki. Et j'ai eu de la peine pour lui, tiens... Passer aussi près de toutes ces conneries et tomber dedans quand on sent qu'on arrive au bout... Ça, je savais pas comment il allait vivre avec, rentré au pays. J'avais que de la pitié pour ce gars...

Il n'a pas cherché mon regard. Il ne s'est occupé que de Mangini, vautré sur la table. Ils se sont dit des choses, avec les yeux, des choses qui ne me concernaient pas, et ça a pris du temps.

Deux vieillards.

Loin.

Il y a quarante-cinq ans de cela.

Ils en avaient, des choses à se dire, dans les regards.

L'un l'autre.

— On rentre ?

Ça aurait pu ressembler à une question, mais c'était bel et bien une proposition que j'aurais eu du mal à refuser. Encore une. Mais la dernière.

Dans le train, on n'a pas échangé beaucoup de paroles, le vieux avait envie de la boucler. Il a gardé le regard rivé sur la fenêtre pendant des heures et des heures, jusqu'à ce qu'il fasse noir, aux alentours de Pise. J'ai cherché la Tour penchée des yeux mais il m'a dit que c'était peine perdue. J'ai tout fait pour l'obliger à prendre l'avion. Une heure de voyage, vu son âge, ça me semblait une bonne idée. Pas à lui.

Il a tenu à rester trois jours à Sora avant notre départ, pour être sûr de ne plus entendre parler de cette histoire toute sa vie durant. Quand nous sommes partis de chez Mangini, Porteglia a prévenu les secours, et nous les avons croisés sur notre route. La messe venait d'être dite. Sant'Angelo était devenu un saint officiel, et son vin un nectar sacré. Les gens du Vatican m'attendaient au tournant. J'ai accepté leurs conditions, dans le moindre détail, et à partir de ce moment-là, mon père et moi, on s'est laissés guider par eux. Les Cadillac ont brutalement disparu de la circulation. Plus personne ne les a vus traîner dans Sora. Et ça m'a presque inquiété.

Mangini s'en est tiré, on l'a su dans le village dès le lendemain matin. On ne sait pas ce qu'il a dit pour expliquer la balle qu'il avait dans les côtes. Un accident, peut-être. S'il y était resté, tous les gens de la ville se seraient fait une raison. Le vieux Cesare aurait pu viser le cœur du Compare, j'en suis sûr. A croire qu'il voulait juste lui écourter un peu la vie. Où bien a-t-il évité de l'achever devant moi. Y-a-t-il une autre hypothèse ? A-t-il trouvé absurde de tirer sur un homme quand, quatre longues années durant, il s'est débrouillé pour ne jamais avoir à le faire.

Moi-même je serais incapable de dire quel arrangement tacite ils ont passé, les deux vieux. Jamais je ne saurai lequel des deux avait le plus envie de voir l'autre mort.

Mon père peut quand même se vanter d'avoir des vrais copains, au moins deux. L'un étant un pote de cure à qui il donne rendez-vous tous les ans, et qui cette année s'est contenté de lui envoyer des cartes postales vierges de Perros-Guirrec, que mon père lui renvoyait dûment remplies, et que nous recevions dûment cachetées au tampon de la ville. L'autre étant un certain Mimino, copain d'enfance de Sora qui l'a hébergé chez lui en lui donnant les renseignements dont il avait besoin, sans poser la moindre question. Il se préparait à un tête à tête avec Mangini quand j'ai déboulé au village, et il a reculé l'entrevue en attendant de savoir ce que je foutais là. Il est rarement sorti durant cette période, et uniquement la nuit, notamment celle où Marcello m'a fait des révélations. Je n'ai pas eu besoin de lui demander qui avait assommé Porteglia et m'avait traîné jusque dans la chapelle peu après. Résistant, le vieux. Sans doute retrouve-t-on quelques ressources endormies quand il s'agit de mettre à l'abri la marmaille. Pas étonnant qu'une carne pareille ait survécu à tant de nuisances historiques.

La seule question vraiment importante, j'étais sûr qu'il n'y répondrait pas. Car elle en soulevait mille autres, et encore une fois j'ai pensé que ça ne me concernait pas. Je me suis fait les réponses tout seul, et je devrai m'en contenter à jamais. Avec pour seule liberté celle d'imaginer et embellir ce qui s'est réellement passé dans sa tête.

J'ai mieux compris pourquoi le vieux ne voulait plus entendre parler des rigatonis pour le reste de ces jours. Le soir de l'enterrement de Dario, quand j'ai évoqué les ingrédients de cette recette « a l'Albanaise », il a tout de suite compris qui l'avait cuisinée. Pareil pour le terrain que Dario venait d'acquérir, mon père a toujours su qui en était le propriétaire. Il n'a eu qu'à mêler les deux informations pour avoir une certitude. Et il est parti d'un coup, sans nous mettre au courant.

Peut-être parce que, quarante-cinq ans plus tard, savoir Mangini vivant et encore capable de tuer un gosse, ça a rallumé une petite braise presque éteinte sous un gros tas de cendres. Peut-être a-t-il pensé que ce gosse, ça aurait pu être moi. Peut-être que ses motivations étaient bien plus égoïstes que ça. Ça le faisait peut-être jubiler, de partir régler des comptes avec son passé. Peut-être a-t-il pensé qu'il n'avait plus rien à perdre. Et qu'il a senti là qu'il s'offrait son dernier voyage en solo. Sa dernière fugue de septuagénaire. Peut-être qu'il s'offrait bien plus encore. Une fin paisible. Un soulagement suprême. L'ultime épisode de cette guerre à la con. Comprendre enfin pourquoi son compagnon de misère avait bifurqué au dernier moment. Se faire rembourser une vieille dette avant de passer la main.

Pourquoi n'est-il pas entré en contact avec moi quand il a su que j'étais au village ? Peut-être a-t-il pensé que nos histoires n'avaient pas à se mêler. Dario était mon pote et Mangini le sien. Ou peut-être savait-il déjà que les deux histoires allaient pourtant se croiser. Peut-être s'est-il dit qu'un fils doit faire tout seul sa révolution, qu'il a des choses personnelles à défendre, des engagements à respecter, un chemin à parcourir. Ou la mémoire d'un ami à ne surtout pas trahir.

Et en dernière limite, peut-être a-t-il pensé que malgré tout, un vieux comme lui savait à quel moment il fallait reprendre le contrôle, et empêcher un môme de se brûler quand il joue avec des allumettes.

Peut-être que c'est sûr.

J'ai voulu l'inviter au wagon-restaurant. Il a sorti son sandwich. Nous avons parlé d'argent. Il m'a demandé ce que je comptais faire de ce paquet de lires.

— L'argent... ? Je sais pas... Si t'as une idée..., jai fait.

— C'est ton denier, c'est toi qui l'as gagné comme tu voulais. Tu crois que c'est propre ?

Après un instant, il a ajouté.

— T'as envie d'être riche, toi ?

— Bah... je sais pas.

— Moi si.

Après un long moment de silence où nous nous sommes laissés aller au bercement du train, j'ai fini par lui demander :

— De quoi t'as envie ?

— D'un nouveau dentier, mieux fait, qui tient bien dans la bouche. Deux cures par an. Un chien. Et puis... Et puis c'est tout.

*

Il est rentré seul à Vitry, comme s'il revenait de Bretagne, et je suis rentré à Paris.

Paris, oui... J'aurais dû jouir de ce moment. Après tous ces départs, un retour. Reprendre son souffle après l'escapade. Revenir. J'ai puisé une dernière fois dans le seul conte de fée qui m'ait émerveillé durant toute mon enfance. A mesure que je m'enfonçais dans la terre de ce pays, tout est remonté lentement, malgré moi. Car tout était déjà en moi, enfoui. Quelque chose entre la tragédie grecque et la comédie à l'italienne. On ne sait plus très bien dans quel genre on est, dans un drame dont on se retient de rire, dans une farce bouffonne qui sent une drôle d'odeur. Ni une complainte, ni une leçon, ni une morale. Juste une ode à la déroute, un poème chantant la toute-puissance de l'absurdité face au bon sens, une vision par-delà le bonheur et le malheur.

Le retour... ? J'ai trouvé un couple d'Albanais sur ma route, on était à trente kilomètres de Tirana, ils m'ont soigné la jambe comme ils pouvaient, je boitais et j'en ai boité toute ma vie, mais je marchais quand même, ils m'ont donné de l'argent pour aller jusqu'au port. Et là tu me crois si tu veux, il y avait qu'un départ par mois pour l'Italie, et avec la chance que j'ai toujours eue, je venais de le louper à deux heures près. J'ai dormi sur les docks et j'ai retrouvé des loqueteux qui s'étaient démerdés, comme moi, ça a duré un mois entier. On m'a débarqué à Naples, il y avait tous ces Américains. J'ai eu honte de rentrer en clochard infesté de poux et presque nu. J'ai croisé un Napolitain qui vendait du faux parfum aux Américains, le bouchon sentait bon mais il remplissait les flacons avec de la pisse. J'ai fait semblant d'en acheter trois, ça a fait de la publicité, et il m'a embauché pour refaire le coup à chaque fois. Avec ces sous je me suis lavé et habillé, j'ai acheté le billet de train pour la maison. Au bout de quatre ans. J'étais propre et je sentais bon. Ça lui a fait plaisir, à ma fiancée...

Bianca m'a manqué dès les premières secondes où j'ai ouvert la porte du studio. Et je sens que ça va durer. Sa coquetterie candide va me manquer. Son regard sur les choses va me manquer. Sa gaieté, ses savates, ses blouses de bonne femme, son rouge à ongles, ses contes et légendes, son rouge à lèvres, ses rêves cathodiques, son rouge aux joues, sa tendresse, sa sauce tomate et son humour d'un autre monde. Je souhaite qu'un gars du coin découvre tous ces trésors, un jour, sans les lui voler. Nous nous sommes faits le serment de désormais fêter nos anniversaires le même jour. Une promesse facile à tenir. C'est le seul bon moyen qu'on ait trouvé pour vieillir ensemble.

Pour oublier ce retour j'ai voulu m'étourdir de plaisirs coûteux, me faire des cadeaux inutiles et me vautrer dans un excès de luxe. J'ai cherché des idées. Une heure plus tard je me suis retrouvé au bout de la rue, chez Omar, pour déguster un excellent couscous, histoire de me dépayser.

Le lendemain je suis allé visiter les parents, et le vieux et moi avons joué la comédie des retrouvailles avec beaucoup de conviction. Ma mère semblait touchée par la grâce quand je lui ai raconté qu'un miracle avait eu lieu au village. Quand j'ai sorti une bouteille de notre vin elle s'est signée avec et en a bu jusqu'à ce que la tête lui tourne. Mon père n'y a pas touché. Les autres sont arrivés, Giovanni, l'aîné, puis Clara, Anna et Yolande, mes trois frangines. J'ai signé des chèques à tout le monde, histoire de me défaire du fric au plus vite. La mère Trengoni est passée nous voir. Nous avons parlé des vignes, du miracle, elle n'a pas bien compris, un peu maladroitement j'ai sorti des liasses de billets, elle s'est méfiée. J'ai laissé mes parents se charger de lui expliquer, de lui faire accepter la somme, et l'encourager à vivre dans un endroit décent. A Sora, peut-être.

Juste en face, la maison d'Osvaldo avait poussé de terre comme un champignon. Une urgence. Une force. Un désir de voir le toit couvrir la terre. En un mois seulement. Tout seul. Fier et calme, il m'a fait un salut de la main à travers la fenêtre.

Malgré tout, j'ai senti mon père un peu grave, il n'a pas voulu se lever de table durant toute l'après-midi, lui qui ne supporte pas d'être enfermé plus d'une heure. Ma mère et la mère de Dario, fascinées, suspendues à mes lèvres, voulaient de plus en plus de détails sur le miracle et sur la guérison de Marcello. Vers la fin, elles ont pratiquement envisagé le pélerinage. J'ai profité d'un moment où nous éions seuls avec le vieux.

— Qu'est-ce qui va pas ?

— C'est ma jambe.

Pas étonnant. Cette année il s'est privé de cure, et c'est la seule chose qui lui fasse oublier le dernier souvenir de guerre dont il n'arrive pas à se débarrasser.

— T'as mal ?

Il a levé les bras au ciel, et a dit :

— Non. Et ça m'inquiète.

La mère est revenue, radieuse, et elle a dit :

— Cette cure, ça lui fait vraiment du bien, à ton père.

J'ai de moins en moins compris ce qui se passait. Le vieux s'est levé.

Et pour la première fois de ma vie je l'ai vu marcher sans boiter, aller et venir, et passer d'une jambe à l'autre comme Fred Astaire.

— Un vrai miracle, cette cure, il a dit.

*

En entrant dans la cour de mon immeuble, je me suis amusé à faire des projets avec la somme qui me reste. J'ai pensé à des vacances illimitées. Quand j'ai allumé la minuterie de mon palier, j'ai pensé à un voyage interminable ponctué de grands hôtels. Dans l'ascenseur, j'ai imaginé une foule de petites choses invraisemblables. C'est seulement quand j'ai tourné la clé de ma porte que j'ai entendu les pas sourds et rapides venant de la cage d'escalier.

Un visage inconnu. D'instinct j'ai su qu'il me cherchait.

Il s'est approché tout près. Le plus possible. Sûrement trop.

Quelque chose s'est passé dans ma tête. Un carrefour entre la surprise qui vient déjà de passer et la peur qui déboule à toute allure. J'ai cru pouvoir prononcer un mot, parlementer, tendre mes paumes nues, et avouer ma fatigue, me livrer à son bons sens et souffler un bon coup avant que tout ça ne s'emballe.

Mais sa main s'est agitée trop vite dans la poche de son imperméable. La mienne a trituré la serrure, la porte a refusé de s'ouvrir.

J'ai fait un geste lent vers lui. Comme pour lui demander d'attendre.

Attendre de comprendre, avant de basculer. Juste un petit instant, un éclat, une bribe de vérité. J'ai eu envie de lui dire qu'on avait tout le temps. Le temps de me dire d'où il venait et qui l'envoyait vers moi. Par simple curiosité.

Lequel veut encore ma peau… ?

Là, j'ai compris là que ça n'en finirait jamais. Que

tout était allé trop loin pour se terminer au seuil de ma porte. Qu'après ce festin de hargne, de vengeance et de folie, il y en a encore pour dresser à nouveau la table.

Il a paru surpris, un instant, puis, d'un geste lent il a sorti son revolver muni d'un silencieux.

On remet ça ? On s'en paye une dernière tranche ? Tant pis. J'ai eu envie de le prévenir. Oui, le prévenir, lui dire que foutu pour foutu, j'étais prêt à demander du rab.

Il a armé son arme, et j'ai roulé à terre. Je me suis rué vers la cage d'escalier, une balle a sifflé vers mon oreille, j'ai grimpé les marches en rampant, il m'a suivi, une porte s'est ouverte, au loin, il a tourné la tête.

Et là, pendant ce court instant, cette infime seconde, la faim est venue me tirailler les entrailles. La faim.

Bouffer tout un bloc de haine et d'horreur, une envie de rouge, de chair, dévorer tout ce qui bouge après le jeûne de l'impuissance et du regret, le regret d'avoir trop subi, les menaces et les promesses de mort, la peur qu'on m'a injectée à doses brûlantes, je n'ai pas pu retenir un incroyable appétit de cruauté.

Tout ça pendant la seconde où il a hésité.

J'ai crié encore, le temps de me jeter sur lui. Nous avons roulé à terre. La minuterie s'est éteinte. J'ai reçu un coup de crosse au sommet du crâne, je n'ai rien senti, je vais le dévorer tel quel, pour ne pas qu'il se reprenne je l'ai poussé dans l'escalier, il a dévalé les marches, je me suis écrasé sur lui, le revolver a tiré en l'air, à portée de ma bouche, j'ai pris son poignet entre mes dents et j'ai mordu le plus fort possible en fermant les yeux, il a hurlé de douleur en lâchant son arme. Mais ça ne m'a pas suffi.

Sans desserrer les dents j'ai saisi le revolver et l'ai jeté loin derrière. Quand j'ai senti ma langue humide de sang, j'ai ouvert la bouche. Il s'est relevé, malhabile, pour courir à l'étage en dessous, dans le noir. Je n'ai pas supporté qu'il m'échappe. Je l'ai rattrapé en plongeant d'un étage, le festin n'est pas terminé.

Je l'ai farci, découpé en lamelles, j'ai haché le tout, je l'ai lardé de part en part, jusqu'à ce qu'il dégorge et rende son jus.

— A table ! j'ai gueulé, les lèvres dégoulinantes de salive.

Il a eu la force de hurler et demander grâce. Un cri à couper la faim. Je suis revenu à moi, presque rassasié.

— Pitié ! Je vous en supplie ! Pitié...

Un mot qui a sonné étrangement à mes oreilles. Quand il a vu que je me relevais, tout son corps s'est relâché, comme mort. Son ventre se gonflait convulsivement, et j'ai attendu qu'il retrouve la parole.

— Arrêtez tout... Je vais crever... On m'avait pas dit...

— Dit quoi ?

— Que je devais m'occuper d'un dingue... Vous aviez pas l'air, comme ça, dans la rue... On se méfie pas, on se dit qu'un gigolo c'est tout dans le sourire et dans les bonnes manières... Tu parles... Et on tombe sur un cannibale...

Je me suis assis dans les escaliers, cloué de surprise. Je n'ai pas bien compris ce qu'il vient de dire. Quelque chose m'échappe... J'ai essayé de rassembler dans ma mémoire toutes les branches de cette meute de voraces qui ont tous voulu leur part du gâteau.

— Parini ? j'ai dit.

— Hein ?

— Mangini ?

— Connais pas.

— Et Sora, tu connais ?

— C'est qui, cette gonzesse ?

Quelque chose cloche. Tout ça commence à s'embrumer sérieusement.

— T'as déjà essayé de me plomber une fois, dans les salons d'en face.

— Trente, trente-cinq mètres minimum, faut pas vous approcher de plus près, vous... Comme un con je vous ai raté, alors ce soir, j'ai essayé à bout portant, et c'est moi qui ai failli crever... Dites, on pourrait pas rentrer chez vous, vous auriez pas un peu de désinfectant et une bonne bande de gaze ?

— On te paye en lires ou en dollars ? Réponds, espèce d'ordure !

— Hé... arrêtez de me faire marcher, on me paye en francs, et ça va passer en frais d'hôpitaux...

— Tu te fous de ma gueule ?

— Pitié... ! Posez-moi n'importe quelle question, je dis tout, j'avoue tout, je vais même me livrer aux flics, tout, tout de suite, mais surtout, ne vous fâchez pas !

— Qui t'a payé ?

— J'en sais rien, on connaît jamais la tête des gens pour qui on bosse... J'ai été contacté pour flinguer un petit rital qui fréquente une boîte rue George V et qui fricote avec une bonne femme de la haute. Je l'ai suivie, elle est venue vous prendre à la boîte et vous êtes allés passer un moment dans un appartement, rue Victor Hugo. Vous êtes rentré chez vous, c'est là que j'ai repéré cette terrasse. Ça s'annonçait pas trop mal, alors je me suis dit : « pourquoi pas tout de suite » ? A chaud...

— Et après ?

— Après vous avez disparu. Et j'ai attendu votre retour. Parce que le contrat tient toujours... Enfin, je veux dire... Il tenait, toujours...

La minuterie de la cage d'escalier n'arrête plus de s'éteindre. Au dehors, sur le palier, rien. Pas un bruit. Ni même un regard curieux. J'aurais pu déchiqueter ce gars et laisser sa carcasse près du vide-ordure sans que personne ne s'en émeuve.

J'avais chassé tout ça de ma mémoire. C'est à cause de ce silencieux que j'ai quitté la France. Je pensais bien en avoir fini. Il faut que je sorte d'ici. Fuir encore. Je range le revolver dans ma ceinture. Pourquoi l'ai-je aidé à écrire cette lettre ?

— T'as une voiture ?

— Heu... Oui... ... Un cabriolet 504 bleu, ça ira... ?

Nous sortons. Sa voiture est garée deux rues plus loin.

— Pour ce qui est du contrat, en ce qui me concerne, je décroche et je rembourse. Si les autres veulent finir en papillottes... On va où ?

— Toi tu vas nulle part.

J'ai tendu la paume. Il y a déposé ses clés. Sans me demander où il avait une chance de la retrouver.

Je démarre et m'engage rue de Rivoli.

Le Up ouvre à peine, on me fait entrer, on me reconnaît, le patron me sourit.

— Tou as réfléchi, ragazzo ? Tou cherches dou travail ?

— Je veux voir Madame Raffaëlle. Tout de suite.

— Calma. Calma, ragazzo. Pour qui tou té prends ?

Je le saisis par la cravate et l'entraîne dans le recoin où j'ai passé un sale quart d'heure, mais les choses ont évolué depuis. Je sors mon arme et lui plante le silencieux dans la gorge. Ses sbires s'agitent, il leur demande de ne pas bouger, et saisit le téléphone.

— Vous appelez où ?

— Chez elle.

— Dans son studio ?

— Non, chez son mari. On a oun code.

Elle répond, il dit un simple mot et raccroche.

— Elle arrive, dit-il. Ma fait attenzione, ragazzo... Elle a des ennouis, en cé moment.

— Elle va d'abord s'occuper des miens.

— Tou peux l'attendre déhors, no... ? Ça fé mauvais effet sour les clients.

Un quart d'heure plus tard elle est entrée. On

nous a arrangé un coin à l'écart, une table excentrée de la scène. La dame n'a pas eu le temps de se préparer. Peu de maquillage. Pas de parfum. Juste quelques bijoux. Je ne lui ai pas laissé le temps de jouer l'affolement.

— Qui a essayé de me tuer ?

— Qu'est-ce que vous dites ?

Je lui ai donné des détails. Elle n'a pas essayé de feindre la surprise. Ses yeux trahissaient un soupçon de détresse et une lourde fatigue. Elle a tiré des petites bouffées nerveuses de sa cigarette, a demandé un verre. La voix du crooner est parvenue jusqu'à nous, elle a dressé l'oreille.

— Ça n'arrivera plus, je vous le jure, Antoine.

J'ai senti qu'elle m'échappait doucement. Comme si elle oubliait ma présence pour celle du chanteur.

— Je ne savais pas qu'il m'aimait encore à ce point, vous savez ?

— Mais qui, bordel ???

Elle s'est tue, absente. Au plus mauvais moment. En moins de deux minutes elle s'est déjà évaporée. Malgré toute l'absurdité de la situation, j'ai rapidement compris que je ne pourrais pas rivaliser avec la complainte déchirante du jeune rital. Il décochait ses *Ti amo Ti amo Ti amo* avec fièvre et ardeur.

— Mon mari.

Un petit rire agressif m'a échappé. Plus par surprise que par réel mépris. Mais elle ne m'écoutait déjà plus. Chaque expression de son visage, chaque crispation de ses mains, chaque battement de cils trahissaient le manque de Dario.

— Il m'a fait suivre durant des mois. Quand nous

nous sommes rencontrés, vous et moi, je ne le savais pas encore, je vous le jure.

On lui a servi un autre verre. A l'endroit où nous étions, il était impossible de voir le chanteur, et pourtant elle a essayé cent fois.

— Il y a des années de cela, il m'a dit que si je le trompais, il ferait tuer mon amant. Il a eu peur de me perdre, vous savez...

Je suis resté hébété un bon moment, sans comprendre, sans réaliser vraiment ce qu'elle venait de dire. Puis je l'ai attrapée par le bras et l'ai secouée fort pour qu'elle m'accorde un peu plus d'attention.

— Et qu'est-ce que j'ai à voir là-dedans, moi ?

— Presque rien... mon mari a su que j'avais une liaison, et au début, il n'a pas cherché à m'en empêcher. Il n'aurait pas pu, d'ailleurs. Quand Dario est mort, je lui ai juré que je ne le tromperais plus jamais. Mais il n'a pas cessé de me faire suivre, nous nous sommes rencontrés, ici, vous et moi, et il a tout de suite imaginé que je trahissais ma promesse. Mettez-vous à sa place... Me savoir une fois de plus dans les bras d'un...

— Dans les bras d'un quoi ? D'un rital ? D'un Dario ?

— Pourquoi pas...

Oui, pourquoi pas, après tout. Je ne me serais sans doute pas fourvoyé dans les rêves d'un autre que lui. Alors pourquoi pas dans ses draps. Quand est-ce que ce salaud-là va me lâcher...

— C'est ridicule... J'ai failli crever à cause de...

— Vous ne risquez plus rien. Je vais tout lui

expliquer, tout lui avouer. Tout de suite. Je suis désolée, Antoine.

On a entendu des applaudissements. Elle a tourné la tête pour tenter à nouveau d'apercevoir le chanteur, et j'en ai profité pour m'esquiver. Je suis sûr qu'elle ne s'est rendu compte de rien.

Dehors, le calme m'est revenu. Je me suis demandé s'il ne valait mieux pas laisser passer la nuit avant de rentrer au studio.

Sur le trottoir d'en face, j'ai vu le portier du George V près de la porte à tambour. Ça m'a rappelé l'époque où mon frère était ramoneur, quand il s'était occupé de toutes les cheminées de ce prestigieux endroit. Il nous avait tout raconté, les suites, les loufiats, les stars, le luxe, tout. Comme dans un rêve.

C'était le moment de vérifier si tout ça était bien exact.

*

Le lendemain, au petit déjeuner, j'ai lié connaissance avec un vieux monsieur qui s'ennuyait en attendant que sa femme ne descende de leur chambre. Il avait envie de causer et m'a invité à sa table. Il a vu que j'ai très vite renoncé au café rien qu'en jetant un œil sur la tasse.

— Vous êtes sans doute d'origine italienne, non ?

— Si.

— Alors vous savez cuisiner les nouilles.

Un raccourci aussi inattendu m'a fait sourire.

— Les nouilles, non. Uniquement les pâtes.

— Les pâtes, si vous préférez... Vous savez les accommoder ?

— Certaines, oui. Mais les pâtes sont bien plus qu'un aliment en mal de sauce.

— C'est-à-dire ?

— Elles forment un univers en soi, à l'état brut, dont même le plus fin gourmet ne soupçonne pas toutes les métamorphoses. Un curieux amalgame de neutralité et de sophistication. Toute une géométrie de courbes et de droites, de plein et de vide qui varient à l'infini. C'est le royaume suprême de la forme. C'est de la forme que naîtra le goût. Comment expliquer sinon qu'on puisse dédaigner un mélange de farine et d'eau quand il prend tel aspect, ou l'adorer quand il en prend un autre. C'est là qu'on s'aperçoit que l'arrondi a un goût, le long et le court ont un goût, le plat et les stries aussi. Il y a forcément quelque chose de passionnel là-dedans.

— De passionnel ?

— Bien sûr. C'est parce que la vie elle-même est si diverse et si compliquée qu'il y a autant de formes de pâtes. Chacune d'elles renvoit à un concept. Chacune va raconter une histoire. Manger un plat de spaghettis, c'est comme imaginer le désarroi d'un être plongé dans un labyrinthe, dans une entropie inextricable de sens, dans un sac de nœuds. Il lui faudra de la patience et un peu de dextérité pour en venir à bout. Regardez comment est fait un plat de lasagnes, vous n'y verrez que la couche apparente, le gratin qu'on veut bien vous montrer. Mais notre individu veut voir les strates inférieures, parce qu'il est sûr qu'on lui cache des choses profondément enfouies. Pour s'apercevoir peut-être qu'il n'y a rien de plus qu'en surface. Mais d'abord il va chercher, se perdre, et traverser un long tunnel obscur sans savoir s'il y a quelque chose au bout. Il n'y a là rien de plus creux, de plus vide, et de plus mystérieux que dans un simple macaroni. En revanche, le ravioli, lui, renferme quelque chose, on ne sait jamais vraiment quoi, c'est une énigme dans un coffre qu'on n'ouvre jamais, une boîte qui va intriguer notre sujet par ce qu'elle recelle. Vous savez, on prétend qu'à l'origine ces raviolis étaient destinés aux navigateurs. On enveloppait des restes de viandes et des bas morceaux hachés dans une fine couche de pâte, en espérant que les marins ne chercheraient pas à savoir ce qu'ils mangeaient.

— Vraiment ? Et le tortellini, ça peut rappeler quoi ? L'anneau, la bague ?

— Pourquoi pas le cercle, tout simplement. L'histoire sans fin. La boucle. Partir. Pour retourner forcément là d'où l'on vient.

DU MÊME AUTEUR

Aux Éditions Gallimard

Dans la collection Série Noire

LA MALDONNE DES SLEEPINGS, *n° 2167.*

TROIS CARRÉS ROUGES SUR FOND NOIR, *n° 2218.*

Aux Éditions du Fleuve Noir

ÉPINGLÉ COMME UNE PIN-UP DANS UN PLACARD DE G.I.

SÉRIE NOIRE

Dernières parutions :

1995. — LE TUEUR DU DIMANCHE .... *José Giovanni*
1996. — ÇA NOUS FEND LE CŒUR .... *Teri White*
1997. — DES FOIS ÇA MORD .... *Lawrence Block*
1998. — LE JAP SE DÉBRIDE .... *E. V. Cunningham*
1999. — NOYADE INTERDITE .... *Andrew Coburn*
2000. — LA BÊTE ET LA BELLE .... *Thierry Jonquet*
2001. — FAISANS ET MALFAISANTS I .... *Max Allan Collins*
2002. — FAISANS ET MALFAISANTS II .... *Max Allan Collins*
2003. — UN TAXI POUR LAS VEGAS .... *Mark Schorr*
2004. — AU BONHEUR DES OGRES .... *Daniel Pennac*
2005. — LES MAUVAIS ANGES FONT DU ZÈLE .... *Peter Dunant*
2006. — LA CUEILLETTE DES MORTS .... *Michael T. Hinkemeyer*
2007. — AU BALCON D'HIROSHIMA .... *Jean Amila*
2008. — LE MAUSOLÉE DE LA VENGEANCE ..... *Bill Pronzini*
2009. — MÉTROPOLICE .... *Didier Daeninckx*
2010. — LE DIAMANT ORPHELIN .... *William Irish*
2011. — PRUNEAUX D'AGENTS .... *Eric Kristy*
2012. — FUGUE POUR UN SURDOUÉ .... *Jeremiah Healy*
2013. — SUZANNE ET LES RINGARDS .... *Jean-Bernard Pouy*
2014. — LE GROS COUP .... *Lesly Andress*
2015. — LE TOUTOU DU PRÉSIDENT .... *Stuart M. Kaminsky*
2016. — MOURIR À BEVERLY HILLS .... *Gerald Petievich*
2017. — LE TREIZIÈME MÔME .... *Philippe Conil*
2018. — LA GRANDE ROUE DE BRAHMA .... *Mickey Friedman*
2019. — LE BOIS DE JUSTICE .... *John Wainwright*
2020. — LE SENTIER DE LA GUERRE .... *Marc Villard*
2021. — DU SANG SUR L'AUTEL .... *Thomas H. Cook*
2022. — PROUVEZ-LE .... *Frédéric Fossaert*
2023. — VOIR LOS ANGELES ET MOURIR ...... *Gerald Petievich*
2024. — LA MAISON DES PÉRILS .... *Richard Stevenson*
2025. — LA GRANDE ARPENTE DES CHAMPS D'EN BAS .... *Marie & Joseph*
2026. — LES RAVAGES DE LA NUIT .... *Joseph Hansen*
2027. — SECOUE-TOI, SHÉRIF ! .... *D. R. Meredith*
2028. — LORFOU .... *Georges Patrick*
2029. — À BAS LES TOURISTES .... *Roderick Cooper*
2030. — UN MAUVAIS MOMENT À PASSER ...... *Gordon McGill*

2031. — FANTÔMES EN FLAMMES . . . . *Bill Pronzini*
2032. — SHANGHAÏ SKIPPER . . . . *Tito Topin*
2033. — LA MORT DANS L'ART . . . . *Jaçk Early*
2034. — LA BELLE DAME DANS UN VIOLON . . . . . *Jean-Paul Demure*
2035. — ADIEU LA VIE . . . . *J.-P. Bastid et M. Martens*
2036. — GARE AU BON SAMARITAIN . . . . *Jerry Oster*
2037. — LA TOUR, PRENDS GARDE . . . . *Paul Kinnet*
2038. — LA TRAVERSÉE DES ENFERS . . . . *Bill Pronzini & John Lutz*
2039. — LE MACCHABÉE DE MA TANTE . . . . *Albert Ashforth*
2040. — AU MALÉFICE DU DOUTE . . . . *John Wainwright*
2041. — PAS SI POURRI QUE ÇA . . . . *T. N. Murari*
2042. — LA PÊCHE AUX ANGES . . . . *Jean-Bernard Pouy*
2043. — LA CAVE AUX ICÔNES . . . . *Loren D. Estleman*
2044. — UNE MINE ÉPATANTE . . . . *Bill Pronzini*
2045. — UN FLINGUE PEUT EN CACHER UN AUTRE *Max Allan Collins*
(III. — Faisans et malfaisants)
2046. — LE GRAND PATRON A EU LA TROUILLE . . *Max Allan Collins*
(IV. — Faisans et malfaisants)
2047. — ONDES DE CHOC . . . . *Ross Thomas*
2048. — MEURTRE SUR L'HUDSON . . . . *Don Flynn*
2049. — COMMENT VIVENT LES MORTS . . . . *Robin Cook*
2050. — LE SEIGNEUR DE MAKÉNI . . . . *Gérard Lecas*
2051. — LA MORT DANS SES MEUBLES . . . . *John Lutz*
2052. — LA POUPÉE ASSASSINÉE . . . . *Nan Hamilton*
2053. — FOLIES DE FLIC . . . . *Georges Patrick*
2054. — SOUS LES AILES DE L'AIGLE . . . . *Robert B. Parker*
2055. — L'ORCHESTRE DES OMBRES . . . . *Tom Topor*
2056. — VIRUS EN TOUS GENRES... . . . . *Michael Collins*
2057. — AU TAPIS . . . . *Stuart M. Kaminsky*
2058. — IL NEIGE DU SANG . . . . *Ted Wood*
2059. — POULETS ET PERROQUETS . . . . *Julius A. Lion*
2060. — DE BRIC ET DE BROC . . . . *Marcia Muller*
2061. — LE BOURREAU ET SON DOUBLE . . . . *Didier Daeninckx*
2062. — PHOTO MAGOUILLE . . . . *Walter Walker*
2063. — ON TRAFIQUE ? . . . . *Doug Hornig*
2064. — UN CRÂNE EMPAILLÉ . . . . *Bill Pronzini*
2065. — TOUS LES DAMNÉS ONT FROID . . . . *Richard Stevenson*
2066. — LE MANOIR DES IMMORTELLES . . . . *Thierry Jonquet*
2067. — LES PUCES TUENT . . . . *Marcia Muller*
2068. — UN CHAMP DE VICTIMES . . . . *Collin Wilcox*
2069. — TOUTES LES ROSES SONT MORTELLES . . . *Loren D. Estleman*
2070. — LA POLICE DES POLICES . . . . *Nat Hentoff*
2071. — TOUT NEW YORK EN OTAGE . . . . *Walter Wager*
2072. — UN LINCEUL POUR LE VERSEAU . . . . . . *Max Allan Collins*

2073. — LE FACTEUR CRÉSUS . . . . *E. V. Cunningham*
2074. — ON TUE ET TU PAIES . . . . *Barbara Paul*
2075. — PUNCH AU SANG . . . . *Christian Poslaniec*
2076. — UN TROP BEL INNOCENT . . . . *John Lutz*
2077. — SOUS LE SCEAU DU PHÉNIX . . . . *Mickey Friedman*
2078. — LES PAUPIÈRES LOURDES . . . . *Barbara Paul*
2079. — SQUARE DU CONGO . . . . *Marie & Joseph*
2080. — UNE CHOUETTE FAMILLE . . . . *Doug Hornig*
2081. — LA GUERRE N'EST JAMAIS FINIE . . . . . . *Teri White*
2082. — AIX ABRUPTO . . . . *Jean-Paul Demure*
2083. — L'HOMME TRANQUILLE EN PÉTARD . . . . *Stuart M. Kaminsky*
2084. — LA MOUCHE ET L'ARAIGNÉE . . . . *Frank Parrish*
2085. — LA FÉE CARABINE . . . . *Daniel Pennac*
2086. — UN COUP AU CŒUR . . . . *Hansjörg Martin*
2087. — LE PORTRAIT DE L'ARTISTE EN TUEUR . . *Barbara Paul*
2088. — VOUS PARLEZ D'UNE RIGOLADE . . . . . . *Earl W. Emerson*
2089. — JOUJOUX SUR LE CAILLOU . . . . *A.D.G.*
2090. — LE JONGLEUR . . . . *Ian Kennedy Martin*
2091. — CONEY ISLAND CASINO . . . . *Robert B. Gillespie*
2092. — LA CHAIR ET LE POGNON . . . . *Robert B. Parker*
2093. — LE ROI, SA FEMME ET LE PETIT PRINCE . . *Marc Villard*
2094. — LES TRUANDS DU TEMPLE . . . . *Julius A. Lion*
2095. — MASSACRES THAÏLANDAIS . . . . *Tony Kenrick*
2096. — FAITES VOS JEUX ! . . . . *Loren D. Estleman*
2097. — QUEL SAC D'EMBROUILLES ! . . . . *Marvin Albert*
2098. — L'HOMME À L'OREILLE CROQUÉE . . . . . *Jean-Bernard Pouy*
2099. — FAUT PAS POUSSER ! . . . . *Bill Pronzini*
2100. — VOUS PARLEZ D'UN MÉTIER ! . . . . *Jonathan Valin*
2101. — JAZZ BELLE . . . . *Marie & Joseph*
2102. — TRAQUE À LA MEXICAINE . . . . *Richard Harper*
2103. — LES PIEDS SUR TERRE . . . . *Marvin Albert*
2104. — LA CAMÉRA VOIT ROUGE . . . . *George Kennedy*
2105. — LES LAMENTATIONS DE JEREMIAH . . . . . *Teri White*
2106. — LE BLUES DES ALCOOLOS . . . . *Lawrence Block*
2107. — CIRCULEZ ! . . . . *Eric Kristy*
2108. — LA CHASSE AUX NYMPHETTES . . . . *J. A. Jance*
2109. — LUMIÈRE NOIRE . . . . *Didier Daeninckx*
2110. — LA POLKA DES POLLUANTS . . . . *Max Allan Collins*
2111. — FAUX CRACKS ET VRAIS TOCARDS . . . . . *Michael Geller*
2112. — L'HOMME QUI AIMAIT LES ZOOS . . . . . . *Malcolm Bosse*
2113. — MAIS OÙ SONT LES TRÉSORS D'ANTAN ? . . *Marcia Muller & Bill Pronzini*
2114. — DE QUOI IL SE MÊLE ? . . . . *Robert B. Parker*
2115. — TOUCHE PAS À MA CIBLE . . . . *Frederic Fossaert*

2116. — LA CITÉ DES PLUIES DE SANG . . . . Fredrick D. Huebner
2117. — DESCENDS À BABYLONE . . . . Marvin Albert
2118. — LA FOIRE AUX POUPONS . . . . Lee Martin
2119. — BARJOT . . . . Oppel
2120. — LE CIEL T'AIDERA . . . . Donald E. Westlake
2121. — LISTE NOIRE . . . . Timothy Downey
2122. — ÇA SENT LE BRÛLÉ . . . . John Lutz
2123. — LA CASE DE L'ONCLE ATOME . . . . Stuart M. Kaminsky
2124. — LES BILLETS NICKELÉS . . . . A.D.G.
2125. — PRENEZ GARDE AUX PETITES FILLES . . . Michaël Allegretto
2126. — COUPS DE POMPES . . . . J. A. Jance
2127. — ÇA SENT LA ROUSSE . . . . Max Allan Collins
2128. — DÉCOUPE SOMBRE . . . . Jean-Paul Demure
2129. — ON PICOLE SEC . . . . J. A. Jance
2130. — LE PETIT ROI DE CHIMÉRIE . . . . Marie & Joseph
2131. — L'ASSASSINAT DES CANARIES . . . . David Serafín
2132. — ON TRAVAILLE DANS LE GÉNIE . . . . Peter Schmidt
2133. — EDDIE BLACK . . . . Walter F. Shapiro
2134. — C'EST LE BAGNE ! . . . . A.D.G.
2135. — LA DAME BLANCHE . . . . Eugène Izzi
2136. — LES DENTS LONGUES . . . . Marvin Albert
2137. — LE SPECTRE DE LA ROSE . . . . Thomas Hauser
2138. — LE FOU AU FLINGUE . . . . Michael Collins
2139. — UN MOUROIR DE POCHE . . . . Jimmy Sangster
2140. — FAIS PAS DE CINÉMA ! . . . . Les Roberts
2141. — LE LAC DE FEU . . . . Jonathan Valin
2142. — UN CANDIDAT DE CHOC . . . . Max Allan Collins
2143. — LE TOMBEAU DU DERNIER SOURIRE . . . . Marvin Albert
2144. — OVERDRIVE . . . . Gérard Lecas
2145. — DES VICTIMES À LA PELLE . . . . Ralph McInerny
2146. — UN CERCUEIL EN FLAMMES . . . . Jimmy Sangster
2147. — OÙ VA-T-ELLE CHERCHER TOUT ÇA ? . . . Dick Belsky
2148. — TOUS DES TRICHEURS . . . . Loren D. Estleman
2149. — SOLO DE POLO . . . . Jerry Kennealy
2150. — PRÊCHEUR EN EAU TROUBLE . . . . Yves Ellena
2151. — LA JOYEUSE KIDNAPPÉE . . . . Elmore Leonard
2152. — REDIS-MOI TES MENSONGES . . . . Don Flynn
2153. — LE CRIME DE LA RUE DU CIEL . . . . Marie & Joseph
2154. — LA MORT À GRANDES GUIDES . . . . John Douglas
2155. — N° 5 PAYSAGE . . . . Julius A. Lion
2156. — QUAND FAUT Y ALLER . . . . Teri White
2157. — LE TROMBLON DÉCRÉPIT . . . . Michaël Jahn
2158. — UN FICHU MOIS D'AOÛT . . . . Daniel Hearn
2159. — PRENDS GARDE AU TORÉADOR . . . . . . Robert Crais

2160. — LA RANÇON DU PLUS FORT . . . . *Gerald Petievich*
2161. — LA CLEF DES MENSONGES . . . . *Jean-Bernard Pouy*
2162. — LE GANG DES ÉCLOPÉS . . . . *E. Richard Johnson*
2163. — ROSE SANG . . . . *Robert B. Parker*
2164. — LE GRAND SACCAGE . . . . *Max Allan Collins*
2165. — LA BRIGADE DU DIABLE . . . . *Ted Wood*
2166. — PRENDS-EN POUR TON GRADE . . . . *Joseph D. McNamara*
2167. — LA MALDONNE DES SLEEPINGS . . . . *Tonino Benacquista*
2168. — LES CONTES DE L'AMÈRE LOI . . . . *John Lutz*
2169. — DENT POUR DENT . . . . *J. A. Jance*
2170. — LE MIROIR DU SPHINX . . . . *Mickey Friedman*
2171. — LA DAME EST UNE TRAÎNÉE. . . . . *Marc Villard*
2172. — MIRAGE DE SANG . . . . *Max Allan Collins*
2173. — RIOT GUN . . . . *Gérard Delteil*
2174. — LE NAZI RÉCALCITRANT . . . . *Stuart Kaminsky*
2175. — CAMÉRA-STYLET . . . . *Arthur Lyons*
2176. — LE BANDIT INCANDESCENT . . . . *Eugène Izzi*
2177. — HISTOIRES À MOURIR DEBOUT . . . . *John L. Breen et John Ball*
2178. — LA MINE D'OR DE TAPHALESCHA . . . . . . *Marie & Joseph*
2179. — LA CITÉ BLANCHE DE LA MORT . . . . *James Sherburne*
2180. — BE-BOP À LOLA. . . . . *François Joly*
2181. — LE CARCAN . . . . *Bill Pronzini*
2182. — BAXTER . . . . *Ken Greenhall*
2183. — LA CHASSE AU BAHUT . . . . *Linda Barnes*
2184. — UN VIOLON POUR MOZART . . . . *Joseph Bialot*
2185. — L'INNOCENT AUX MAINS VIDES . . . . *John Lutz*
2186. — LES TROTTOIRS DE SANTA MONICA . . . . *Les Roberts*
2187. — L'EXTRÊME LIMITE . . . . *Peter Lacey*
2188. — QU'EST-CE QUE TU T'IMAGINES ?. . . . . *Thomas H. Cook*
2189. — MONSIEUR MAJESTYK . . . . *Elmore Leonard*
2190. — J'AI DU GÉNIE . . . . *Parnell Hall*
2191. — UN TRIO SANS ESPOIR . . . . *Teri White*
2192. — LA TRAQUE INFERNALE . . . . *Jimmy Sangster*
2193. — ARRÊTEZ LE FOLKLORE !. . . . . *John Douglas*
2194. — ADIOS PESETAS ! . . . . *Jack Barnao*
2195. — C'EST PAS DU JEU ! . . . . *Robert B. Parker*
2196. — POINT DE CHUTES . . . . *J. A. Jance*
2197. — HISTOIRES CHAUDES . . . . *Loren D. Estleman*
2198. — EH BIEN, CHANTEZ MAINTENANT ! . . . . . *Barbara Paul*
2199. — LE CINÉMA DE PAPA . . . . *Jean-Bernard Pouy*
2200. — LA SŒUR DE MINUIT . . . . *Albert Marvin*
2201. — PIERRE DE SANG. . . . . *Michaël Allegretto*
2202. — POLO ET SES POULAINS . . . . *Jerry Kennealy*
2203. — LE NOYÉ DE BEVERLY HILLS . . . . *E. V. Cunningham*

2204. — LA VIE EN ROUGE . . . . *Max Allan Collins*
2205. — RASTA BASTA . . . . *John Westermann*
2206. — LE BOUCHER DE CLEVELAND . . . . *Max Allan Collins*
2207. — BONNE CHASSE . . . . *Archer Mayor*
2208. — LES CORBILLARDS REVIENNENT À VIDE . *Julius A. Lion*
2209. — HISTOIRES POUR RIRE ET POUR PLEURER *Bill Pronzini*
2210. — HAUTE COUTURE ET BASSES BESOGNES . *Thomas H. Cook*
2211. — DU PLOMB DANS LA TÊTE . . . . *James N. Frey*
2212. — SCOOP TOUJOURS ! . . . . *Keith Peterson*
2213. — BALLES DE CHARITÉ . . . . *Gérard Delteil*
2214. — ON S'ÉCLATE ? . . . . *Loren D. Estleman*
2215. — LA NUIT DU SOUVENIR . . . . *Joseph Bialot*
2216. — J'AIME LE MAUDIT ! . . . . *Peter Lacey*
2217. — UNE CAROTTE POUR LE BAUDET . . . . . . *Les Roberts*
2218. — TROIS CARRÉS ROUGES SUR FOND NOIR . *Tonino Benacquista*
2219. — SANG POUR SANG . . . . *Richard Martin Stern*
2220. — VENDETTA EN VENDÉE . . . . *Jacques Syreigeol*
2221. — LA CHASSE AUX MARMOTS . . . . *Richard Harper*
2222. — LE SABRE ET LE VIRUS . . . . *J. A. Jance*
2223. — LE POIDS DES MORTS . . . . *Stuart M. Kaminsky*
2224. — PAS DE QUARTIER ! . . . . *James E. Martin*
2225. — ROMPEZ LA GLACE . . . . *Les Roberts*
2226. — MERCENAIRE À TOUT FAIRE . . . . *Ted Wood*
2227. — LA MAFIA NE PASSERA PAS . . . . *Max Allan Collins*
2228. — LE POKER MORTEL . . . . *A. W. Gray*
2229. — LA SOUTANE EN PLOMB . . . . *Loren D. Estleman*
2230. — GARE AUX TONTONS TUEURS ! . . . . *J. P. Hailey*
2231. — LA DOULEUR DES MORTS . . . . *Hervé Le Corre*
2232. — REQUINS D'EAU TROUBLE . . . . *Robert Campbell*
2233. — LE RETOUR DE PERRY MASON . . . . *Thomas Chastain*
2234. — LE FAUBOURG DU CRIME . . . . *Marx Richard Zubro*
2235. — LE PIÈGE AU JARDINET . . . . *Marie & Joseph*
2236. — LE PARADIS DES POULETTES . . . . *Marvin Albert*
2237. — LA COURSE AU SAC . . . . *Max Allan Collins*
2238. — LA RUE DES MAUVAIS ANGES . . . . *Gerald Petievich*
2239. — LE ROYAL BOUGNAT . . . . *Joseph Bialot*
2240. — À CLAQUER DES DENTS. . . . . *Marcia Muller*
2241. — NUIT APACHE . . . . *Patrick Mosconi*
2242. — UNE MORT DANS LE DJEBEL . . . . *Jacques Syreigeol*
2243. — AU PLUS NOIR DE L'HIVER . . . . *Michael Allegretto*
2244. — PAS TOUCHE AUX PAPOUS ! . . . . *Riall W. Nolan*
2245. — DRÔLES DE COUPS DE CANIF . . . . *Lawrence Block*
2246. — LA TRAQUE AUX FANTÔMES . . . . *Martin Blank*
2247. — L'HOMME AU MÉGOT . . . . *François Joly*

2248. — TA LANGUE AU CHAT? . . . . *Karen Kijewski*
2249. — VOUS PARLEZ D'UNE PAROISSE ! . . . . . . *Hillary Waugh*
2250. — UN TÉMOIN HORS DE PRIX . . . . *Jeffrey Ashford*
2251. — ÇA BROUILLASSE À FRISCO . . . . *Marcia Muller*
2252. — LA CHASSE À LA B. D. . . . . *Ron Goulart*
2253. — L'ŒIL ÉTAIT DANS LA BOMBE . . . . *Mark Schorr*
2254. — DERNIER CARAT. . . . . *Les Roberts*
2255. — LA CONFIANCE RÈGNE . . . . *Gérard Delteil*
2256. — LA MENTEUSE EST SANS PITIÉ . . . . *Loren D. Estleman*
2257. — ZAUNE. . . . . *Oppel*
2258. — LE CRÂNE EN FLEUR . . . . *Anne Wingate*
2259. — LES BAGAGES D'ICARE . . . . *Joseph Bialot*
2260. — MIRACLE EN VENDÉE. . . . . *Jacques Syreigeol*
2261. — JACKPOT . . . . *Bill Pronzini*
2262. — JE T'ATTENDS AU TOURNANT . . . . *Charles Williams*

Prochain volume à paraître :

2264. — L'HOMME ZIGZAC . . . . *Albert Marvin*

Impression Bussière à Saint-Amand (Cher),
le 20 mars 1991.
Dépôt légal : mars 1991.
Numéro d'imprimeur : 805.
ISBN 2-07-049263-X. / Imprimé en France.